G000162384

LA PARURE

suivi de

LA LÉGENDE DU MONT-SAINT-MICHEL

et de

SUR L'EAU

Dans Le Livre de Poche

UNE VIE
MADEMOISELLE FIFI
BEL-AMI
BOULE DE SUIF
LA MAISON TELLIER
LE HORLA ET AUTRES CONTES
LE ROSIER DE MADAME HUSSON
FORT COMME LA MORT
LA PETITE ROQUE
CONTES DE LA BÉCASSE
MISS HARRIET
PIERRE ET JEAN
LES SŒURS RONDOLI
MONT-ORIOL
CONTES DU JOUR ET DE LA NUIT
NOTRE CŒUR
CHOSES ET AUTRES
LE HORLA *(Les Classiques d'aujourd'hui)*
CONTES GRIVOIS
MOUCHE

LES CLASSIQUES D'AUJOURD'HUI

GUY DE MAUPASSANT

La Parure

suivi de

La Légende du Mont-Saint-Michel

et de

Sur l'eau

Présentation et notes de
Gilles Ernst

LE LIVRE DE POCHE

Illustration de couverture :
Louis Constantin.

Portrait de Maupassant.

INTRODUCTION

Voici trois nouvelles qui sont parmi les plus originales de Maupassant. Avec *La Parure* pour emblème, elles témoignent à elles seules de là richesse de son œuvre. Richesse qui est d'abord celle du conteur, puisque, publiées entre 1876 et 1884, dans des années où l'écrivain, malgré la terrible maladie qui l'atteint en 1877, à l'âge de vingt-sept ans, affirme toujours davantage son talent, elles frappent par leur souci du détail parlant, par leur construction élaborée et par une identique maîtrise dans l'art du dénouement.

Elles révèlent, ensuite, à la fois la diversité et l'unité du monde peint par Maupassant. *La Parure* et *Sur l'eau* nous découvrent Paris et ses environs, univers pittoresque où le milieu des petits fonctionnaires, que l'auteur a bien connu dans sa brève carrière administrative, côtoie celui des pêcheurs, qu'il a fréquenté davantage, notamment lors de ses parties de canotage sur la Seine. *La Légende du Mont-Saint-Michel* nous transporte en revanche en Normandie, et c'est alors une autre région qui apparaît, pas moins typée, avec ses paysans croqués sur le vif et ses légendes pleines de drôlerie. Au-delà de leur variété, ces trois textes se ressemblent pourtant par l'ironie qui les sous-tend, ironie du sort dans *La Parure* et *Sur l'eau,* où le destin prend la forme du rêve ou de la fantasmagorie ; ironie d'un comportement dans *La Légende du Mont-Saint-Michel*, où un ange se joue du diable.

En somme, dans l'ordre où elles sont présentées ici, et qui conduit le lecteur d'une « rivière » de diamants aux côtes de Normandie puis aux bords de la Seine, ces trois nouvelles montrent que l'eau — celle des pierres précieuses (puisqu'on nomme ainsi leur éclat), ou celle, réelle, de la Manche ou de la Seine — n'est au fond jamais limpide et légère. Au contraire, elle est aussi lourde et troublante qu'une « parure ». Il suffit, pour le comprendre, de s'embarquer comme Maupassant l'a fait ; puis d'écouter et, surtout, de regarder...

REPÈRES CHRONOLOGIQUES

Date	Vie de Maupassant	Événements littéraires	Vie politique
1850	Naissance le 5 août, au château de Miromesnil (Seine-Maritime).	Mort de Balzac.	
1851			Coup d'État du 2 décembre : Louis-Napoléon devient président.
1852		*Poèmes antiques*, de Leconte de Lisle.	Rétablissement de l'Empire.
1853			Début des grands travaux de Paris.
1854		Naissance de Rimbaud.	Début de la guerre de Crimée (fin en 1856).
1857		*Madame Bovary*, de Flaubert. *Les Fleurs du mal*, de Baudelaire.	
1858	Ses parents se séparent. Il vit avec sa mère et son frère à Étretat.		
1859-1863	Premières classes au lycée Napoléon (actuel lycée Henri IV), puis à Étretat.	1861 – *Sœur Philomène*, roman réaliste des frères Goncourt. 1862 – *Les Misérables*, de V. Hugo.	1859-1860 – Guerre d'Italie. Annexion de la Savoie et de Nice. 1860 – Début de la libéralisation du régime impérial. 1861 – Début de la guerre de Sécession aux États-Unis.
1863-1869	Études secondaires au séminaire d'Yvetot, puis au lycée Corneille à Rouen. Rédige ses premiers poèmes.	1866 – *Poèmes Saturniens*, de Verlaine. 1867 – Mort de Baudelaire.	1864 – En France, droit de grève accordé aux travailleurs. Réunion de la Ire Internationale à Londres. 1865 – Fin de la guerre de Sécession aux États-Unis. Bataille de Sadowa : la Prusse bat l'Autriche.
1869	Inscription à la faculté de Droit de Paris.	*Les Fêtes galantes*, de Verlaine. 2e version de *L'Éducation sentimentale*, de Flaubert.	En France, élections gagnées par les libéraux.

Date	Vie de Maupassant	Événements littéraires	Vie politique
1870	Maupassant s'engage dans l'armée ; il ne sera libéré qu'en janvier 1872.	Mort de Jules de Goncourt. Rimbaud écrit ses premiers poèmes, dont le « Bateau ivre ».	Guerre franco-prussienne. 1er septembre : désastre de Sedan et chute de Napoléon III. Siège de Paris par les Prussiens (19 sept.). Thiers chef du gouvernement.
1871			10 mai : traité de Francfort (perte de l'Alsace-Lorraine). La Commune de Paris est vaincue par les Versaillais. La France est majoritairement monarchiste.
1872	Maupassant est fonctionnaire dans divers ministères, dont celui de l'Instruction publique.	Zola publie *La Curée*.	
1873		Rimbaud rédige *Une saison en enfer*. Mallarmé s'installe rue de Rome, à Paris.	Tentative de restauration monarchique. Mac-Mahon chef de l'État pour sept ans. Redressement économique du pays.
1875	Maupassant publie son premier conte et met en chantier plusieurs nouvelles. Période de canotage sur la Seine.	Rimbaud cesse d'écrire et quitte l'Europe.	Vote des lois constitutionnelles de la IIIe République. Déclin des monarchistes.
1876	Publication de ***Sur l'eau***. Maupassant fréquente les écrivains célèbres (Flaubert, Zola et Huysmans).	*L'Après-midi d'un faune*, de Mallarmé.	Mars : triomphe des républicains aux élections.
1877	Il apprend qu'il est syphilitique.	*L'Assommoir*, de Zola.	Crise du « Seize Mai » : Mac-Mahon tente d'évincer les républicains. En Irlande, début de la grande famine.
1878			Grand succès de l'Exposition Universelle de Paris.
1879	Voyage en Bretagne et dans la région du Mont-Saint-Michel.	*Les Sœurs Vatard*, roman naturaliste de Huysmans.	Démission de Mac-Mahon.
1880	Chroniqueur au *Gaulois*, où il restera plusieurs années. Nouveaux troubles physiques (vue déficiente, chute des cheveux).	Naissance d'Apollinaire. Zola publie *Nana*. Mort de Flaubert.	Début de la lutte anticléricale (lois scolaires de Jules Ferry). Programme Freycinet de développement des transports.
1881	Publication de *La Maison Tellier*. Il est de plus en plus malade.	*Le Crime de Sylvestre Bonnard*, premier roman d'Anatole France.	Occupation de la Tunisie.

Date	Vie de Maupassant	Événements littéraires	Vie politique
1882	Autre voyage dans l'Ouest de la France. Publication de ***La Légende du Mont-Saint-Michel***.		
1883	Publication d'*Une vie* (en chantier depuis 1877), et des *Contes de la Bécasse*.		
1884	Publication de ***La Parure***. Il présente les premiers signes de démence.	*A rebours*, de Huysmans.	Crise politique, à propos de la politique coloniale (occupation de Madagascar), attaquée par Clemenceau.
1885	Malgré de nombreux traitements (cures thermales), la maladie – syphilis tertiaire, ou tabès – s'aggrave. Publication des *Contes du jour et de la nuit*.	*Germinal*, de Zola.	Instabilité ministérielle après les élections d'octobre.
1886	*Le Horla*, première version.	Publication des *Illuminations*, de Rimbaud.	Le général Boulanger ministre de la Guerre. En Angleterre, Gladstone propose l'autonomie interne pour l'Irlande.
1887	*Le Horla*, deuxième version.		Démission du président Grévy (affaire des décorations).
1888	Publication de *Pierre et Jean*.		Début de la campagne boulangiste, en vue de prendre le pouvoir.
1889	Publication de *Fort comme la mort*.		Effondrement du boulangisme et triomphe des républicains modérés aux élections.
1890	Il est maintenant atteint de paralysie générale.		Développement du syndicalisme ouvrier en France.
1891	Il est incapable d'écrire et présente des signes de folie de plus en plus nombreux.	Mort de Rimbaud. Huysmans publie *Là-bas*.	
1892	Après une tentative de suicide (janvier), il est interné à la clinique du Dr Blanche.		Léon XIII conseille aux catholiques français de se rallier à la République.
1893	Il meurt le 6 juillet et est enterré au cimetière Montparnasse. Zola prononce l'oraison funèbre.		Début d'une politique modérée, notamment en matière religieuse.

LA PARURE

PRÉSENTATION

Une jeune femme, belle mais guère riche, qui rêve d'une existence au-dessus de sa condition ; une « parure » (un collier de diamants) empruntée à une amie plus aisée, pour un soir de fête, et qu'on perd ; des années passées à rembourser ; la misère, la honte, et tout cela pour presque rien, comme nous l'apprend la conclusion : tel est le sujet — amer, captivant — de cette nouvelle, publiée le 17 février 1884 dans *Le Gaulois* , puis regroupée en 1885 avec d'autres dans les *Contes du jour et de la nuit* (pp. 73-93). C'est le texte paru dans ce recueil qui est présenté ici.

La Parure est une des plus célèbres nouvelles de Maupassant, peut-être parce qu'elle est d'abord une des mieux réussies. La rédaction d'une nouvelle n'est pas chose facile ; elle suppose la maîtrise d'une technique qui demande de réserver le meilleur pour la fin et de dire le plus avec le minimum de mots. Maupassant a parfaitement atteint ce double objectif : mis à part la réaction du joaillier, qui déclare n'avoir vendu que l'écrin du collier de Mme Forestier, aucun indice n'annonce l'extraordinaire surprise du dénouement. Et que cette révélation de la dernière ligne se fait donc attendre, pris qu'est le lecteur, d'abord par la description des rêves de l'héroïne, ensuite par celle de sa déchéance, qui la fait tomber de la fête dans la misère !

On a cru pouvoir déceler, dans ce tableau en deux volets, la double influence de Flaubert et de Zola. Mme Loisel est en effet une autre Emma Bovary, figure centrale du roman de Flaubert, paru en 1857. Elle a son Charles Bovary, ce Loisel, modeste fonctionnaire qui ne la comprend guère et se satisfait d'une existence médiocre (travail, épargne et chasse aux alouettes...). Élevée comme Mme Bovary au couvent (on sait que c'est là que l'héroïne de Flaubert prit le goût des aventures romanesques), elle rêve d'amants et de luxe ; et si Emma en grande toilette a son bal au château de la Vaubyessard, qui l'éblouit, Mathilde Loisel, elle aussi vêtue avec soin, a sa soirée au ministère, où tous les hommes la regardent et l'admirent.

Sa chute est toutefois plus rapide que celle d'Emma, bien qu'elle soit moins cruelle. Alors qu'Emma trompe son mari et finit dans la solitude et le suicide, Mme Loisel, en femme réaliste et fidèle, ne rêve qu'un temps et ne connaît que la souffrance du manque d'argent. Mais quelle souffrance, surtout quand elle est vue par les yeux d'un disciple de Zola, par un écrivain qui voulut, à son tour, représenter la nature des hommes et des choses telle qu'elle est ! Mme Loisel a donc quelque chose de Gervaise, dans *L'Assommoir* (1877). Gervaise, qui est belle, a eu son temps de vaches grasses et termine son existence dans le plus complet dénuement. Mme Loisel, qui ne manque pas non plus de beauté, ne meurt certes pas de faim comme Gervaise et n'est pas non plus victime de l'hérédité physique ; pourtant, il y a chez elle, toutes proportions gardées, une même marche vers la pauvreté, symbolisée, comme chez Zola, par le changement de logement. Gervaise va de la blanchisserie vers un affreux réduit, et Mme Loisel quitte un appartement relativement spacieux pour une pièce sous les toits.

Portraits de Zola et de Flaubert.

Déplacement qu'accompagnent d'autres signes « zoliens », et dont on ne citera qu'un exemple : elle portait une belle robe, lors de la soirée au ministère, et elle est maintenant vêtue de jupes (voir note 8, p. 43), qu'elle se soucie peu de porter avec décence. Aussi bien, lors de ses achats au marché, elle parle comme une femme qui défend, dans un français qu'on imagine, son droit à l'existence (sens de l'expression « elle parlait haut »). C'est bien la manière de Zola.

Mais ce n'est pas l'ampleur de Zola, car Zola, comme Flaubert, est un romancier, tandis que le Maupassant de *La Parure* est un nouvelliste. Zola et Flaubert sont libres d'utiliser tout le papier qu'ils veulent (un roman pourrait, en principe, couvrir des milliers de pages) ; Maupassant ne dispose que d'un nombre restreint de pages. Souffre-t-il de cette contrainte ? Non, il s'en sert au contraire comme d'un avantage et, ne pouvant décrire longuement, décrit par des mots précis et choisis avec soin. Le détail, en somme, exprime l'ensemble. Ainsi dans les désirs de son héroïne qui, déçue par sa salle à manger sentant le « pot-au-feu », voudrait au fond être légère comme un oiseau (son nom, Loisel, n'évoque-t-il pas un oiseau ?), et changer de lieu, et être ailleurs, dans un décor d'idylle... Son rêve sera donc meublé de beaux objets et de tapis ; il sera de type alimentaire (autres lieux, autres plats) ; il sera peuplé de domestiques stylés, avec, dans la pénombre, la silhouette des amants prévenants. Même concision parlante dans le retour à la réalité qui suit la perte du collier. Il est possible que cette réalité, sur laquelle les héros de Maupassant n'ont aucune prise — au point que leur créateur ne cache pas la pitié qu'il éprouve pour eux —, soit conforme au pessimisme de Schopenhauer (1788-1860), philosophe que l'écrivain admirait. Reste qu'elle est d'abord celle de quelques faits : faits de chiffres, quand il est question d'emprunts, d'intérêts et d'usure ; faits de vie quotidienne lorsque

Mme Loisel porte les ordures ménagères sur le trottoir ou s'abîme les mains à laver sa vaisselle de terre.

D'autres traits de l'art caractérisent au demeurant ce texte, notamment le contraste entre espace réel et espace imaginaire. Rue des Martyrs, Mme Loisel s'échappe en pensée vers un logis de luxe, sorte de nouvelle Cythère (île de l'amour pour les anciens Grecs) ; dans sa mansarde, elle se projette dans les salons du ministère, et cette mansarde, lieu clos du malheur, s'oppose elle-même aux Champs-Élysées (voir note 2, p. 44), endroit ouvert et lieu de la révélation.

Il y a également des effets d'écho, qu'on détecte dans le jeu sur la signification de mots appartenant à la même famille et, de ce fait, phoniquement proches. *La Parure* (le collier) est le titre, et Mme Loisel veut être « parée », bien habillée (p. 23) ; heureuse de se voir dans la glace, elle se sent deux fois pleine de « gloire », d'éclat physique (p. 36 et 39), et son mari se sent « glorieux », naïvement fier (p. 28), d'être invité par le ministre. Enfin, dans une nouvelle narrant une perte, l'adjectif « éperdu » est utilisé trois fois : pour les rêves de Mme Loisel (p. 24), pour son mari quand il la voit pleurer (p. 31) et lorsqu'il apprend qu'elle n'a plus la rivière de diamants (p. 39). Dans ces trois occurrences, le sens global (désorientation) est le même ; mais les nuances — du trouble mental à l'émotion physique — varient. Avec ces *refrains* plaqués sur la peinture d'un milieu et celle d'un destin, tout n'est-il pas dit ?

G.E.

C'était une de ces jolies et charmantes[1] filles, nées, comme par une erreur du destin, dans une famille d'employés[2]. Elle n'avait pas de dot[3], pas d'espérances[4], aucun moyen d'être connue, comprise, aimée, épousée par un homme riche et distingué ; et elle se laissa marier avec un petit commis[5] du ministère de l'instruction publique[6].

Elle fut simple ne pouvant être parée[7], mais malheureuse comme une déclassée[8] ; car les femmes n'ont point de caste[9] ni de race[10], leur beauté, leur grâce et

---

1. Qui plaît et attire violemment, sens encore proche de la signification première (de « charme », latin *carmen*, « poème exerçant un effet magique »). – **2.** Fonctionnaires dans une administration, mais d'un rang inférieur. Au XIXe siècle, le terme désigne une classe sociale sans beaucoup de moyens financiers. – **3.** La dot, somme d'argent ou ensemble de biens que les parents donnent à leur fille lorsqu'elle se marie, était un facteur important, au XIXe siècle, dans la conclusion du mariage. – **4.** Périphrase voulant dire qu'elle ne pouvait espérer un héritage (de ses parents ou d'autres membres de sa famille). – **5.** Le mot, venu de *commettre*, pris au sens de « confier une charge », a le même sens que « employé ». – **6.** Nom, sous la Troisième République (instaurée en 1873), de notre actuel ministère de l'Éducation nationale. Maupassant le connaissait bien, qui y travaillait depuis 1878, comme attaché au cabinet du ministre. Il quitta son poste — sans regret — en 1881. – **7.** Habillée avec de beaux vêtements. – **8.** Comme une femme qui, par exemple par un mariage avec un homme plus pauvre qu'elle, serait descendue dans l'échelle sociale. – **9.** La caste sociale, donc le rang que, en fonction de sa fortune, on occupe dans la société. – **10.** Avoir ou non de la race : périphrase signifiant, par allusion à l'ancienne noblesse, qu'on est ou non d'une famille illustre, dont les caractères physiques et moraux durent à travers les siècles.

leur charme[1] leur servant de naissance[2] et de famille. Leur finesse native[3], leur instinct d'élégance, leur souplesse d'esprit, sont leur seule hiérarchie, et font des filles du peuple les égales des plus grandes dames.

Elle souffrait sans cesse, se sentant née pour toutes les délicatesses[4] et tous les luxes. Elle souffrait de la pauvreté de son logement, de la misère des murs, de l'usure des sièges, de la laideur des étoffes. Toutes ces choses, dont une autre femme de sa caste ne se serait même pas aperçue, la torturaient et l'indignaient. La vue de la petite Bretonne[5] qui faisait son humble ménage éveillait en elle des regrets désolés et des rêves éperdus[6]. Elle songeait aux antichambres[7] muettes, capitonnées[8] avec des tentures orientales, éclairées par de hautes torchères[9] de bronze, et aux deux grands valets[10] en culotte courte[11] qui dorment dans les larges fauteuils, assoupis par la chaleur lourde du calorifère[12]. Elle songeait aux

---

1. Voir note 1, p. 23. – **2.** Absolument, et selon un sens qui commence à vieillir au XIXe siècle, la noblesse (à rapprocher de l'expression « être bien née »). – **3.** Qui vient en naissant, et est donnée par la nature. Maupassant fait ici l'éloge de la beauté physique et de l'intelligence des femmes, qui sont leur vraie noblesse. – **4.** D'une manière générale, toutes les choses élégantes et raffinées (précisé ensuite par « luxes »). – **5.** Au XIXe siècle, la Bretagne, province pauvre, fournit aux bourgeois parisiens la plupart de leurs employées de maison (voir le personnage de Bécassine). – **6.** Profondément troublants et qui désorientent (du verbe perdre). – **7.** Entrées des grands appartements bourgeois, où l'on attendait, en silence, d'être introduit chez ses hôtes. – **8** Normalement, aux murs tendu de capiton (ou bourre, résidu de la soie, lorsqu'on a enlevé tout ce qu'il y avait sur le dévidoir) ; ici, les murs sont recouverts d'étoffes imprimées avec des motifs orientaux, étoffes alors très à la mode. – **9** Candélabres sur pied, portant des flambeaux ou des bougies, souvent placés dans les antichambres. – **10.** Domestiques d'une famille, ici préposés au seul accueil des visiteurs (ce qui indique une grande fortune, la famille ayant un domestique pour chaque tâche). – **11.** Donc vêtus à l'ancienne, en costume Louis XV, d'un vêtement allant de la ceinture aux genoux (c'est précisément ce vêtement que les fameux « sans-culotte » de la Révolution remplacèrent, en signe d'égalité, par le pantalon). – **12.** Créé en 1807, le mot désigne un appareil de chauffage pour appartements de luxe, fonctionnant au charbon (ou au bois), et distribuant la chaleur par des tuyaux. Ancêtre de notre chauffage central.

« C'était une de ces jolies et charmantes filles, nées, par une erreur du destin, dans une famille d'employés. »
(F. Valloton, *La Modiste*)

Photo Bulloz

grands salons vêtus de soie ancienne [1], aux meubles fins portant des bibelots inestimables, et aux petits salons coquets, parfumés, faits pour la causerie de cinq heures avec les amis les plus intimes [2], les hommes connus et recherchés dont toutes les femmes envient et désirent l'attention.

Quand elle s'asseyait, pour dîner [3], devant la table ronde couverte d'une nappe de trois jours, en face de son mari qui découvrait la soupière en déclarant d'un air enchanté : « Ah ! le bon pot-au-feu ! je ne sais rien de meilleur que cela... » elle songeait aux dîners fins [4], aux argenteries reluisantes, aux tapisseries peuplant les murailles de personnages anciens et d'oiseaux étranges au milieu d'une forêt de féerie [5] ; elle songeait aux plats exquis [6] servis en des vaisselles merveilleuses, aux galanteries [7] chuchotées et écoutées avec un sourire de sphinx [8],

---

1. Les appartements bourgeois comprenaient les grands salons, destinés aux réceptions, et « vêtus » (image pour « tendus ») de soie ancienne (donc ayant une grande valeur), et les petits salons, pour les entretiens plus intimes (voir note suivante). – **2.** C'est le fameux « cinq à sept », heure où les femmes rencontraient soit des amis proches, soit — et le contexte le suggère nettement — leurs amants. – **3.** Sens actuel : pour prendre le repas du soir. – **4.** Repas avec des mets raffinés. – **5.** Le style « Moyen Age », réhabilité dans l'architecture du XIXe siècle par Viollet-Le-Duc (1814-1879), est en fin de siècle encore très à la mode dans l'ameublement, et il n'est pas rare qu'on garnisse les murs avec des copies de tapisseries médiévales. Par exemple, la célèbre *Dame à la Licorne* (fin XVe), en six panneaux, où l'on voit une jeune fille au milieu de fleurs et d'animaux exotiques.– **6.** Raffinés et coûtant cher (du latin *exquisitus*, « recherché »). – **7.** Déclarations flatteuses adressées à une femme pour la séduire. – **8.** Figure mythologique, à tête de femme, corps de lion et ailes d'oiseau, célèbre pour les questions qu'elle posait à ceux qui passaient devant elle, non loin de Thèbes, en Grèce. Son sourire énigmatique, représenté déjà dans la sculpture, est en cette fin de siècle souvent assimilé à celui de la femme, comme le signale L. Forestier, dans son édition des *Contes et Nouvelles* de Maupassant (voir les Indications bibliographiques en fin de volume). L. Forestier mentionne notamment les peintures de Gustave Moreau (1826-1898), auteur d'un célèbre *Œdipe et le Sphynx* (1869).

tout en mangeant la chair rose d'une truite[1] ou des ailes de gelinotte[2].

Elle n'avait pas de toilettes, pas de bijoux, rien. Et elle n'aimait que cela ; elle se sentait faite pour cela. Elle eût tant désiré plaire[3], être enviée, être séduisante et recherchée.

Elle avait une amie riche, une camarade de couvent[4] qu'elle ne voulait plus aller voir, tant elle souffrait en revenant. Et elle pleurait pendant des jours entiers, de chagrin, de regret, de désespoir et de détresse[5].

Or, un soir, son mari rentra, l'air glorieux[6], et tenant à la main une large enveloppe.

— Tiens, dit-il, voici quelque chose pour toi.

Elle déchira vivement le papier et en tira une carte imprimée qui portait ces mots :

« Le ministre de l'Instruction publique et Mme Georges Ramponneau[7] prient M. et Mme Loisel de leur faire l'honneur de venir passer la soirée à l'hôtel[8] du ministère, le lundi 18 janvier. »

Au lieu d'être ravie, comme l'espérait son mari, elle jeta avec dépit l'invitation sur la table, murmurant :

— Que veux-tu que je fasse de cela ?

— Mais, ma chérie, je pensais que tu serais contente.

---

1. Sans doute la truite saumonée, proche du saumon par sa couleur rose. – **2.** Autre nom du coq des marais, oiseau sauvage proche de la perdrix, et dont la chair est renommée pour sa délicatesse. – **3.** Conditionnel passé deuxième forme (ou subjonctif plus-que-parfait), plus élégant, et morphologiquement plus court, que la première forme (« elle aurait tant désiré plaire »). – **4.** C'est-à-dire l'école tenue par les sœurs d'un couvent. A l'époque, la plupart des filles de la bourgeoisie, même inférieure, fréquentent encore les établissements religieux. – **5.** Terme plus fort que les précédents, d'où sa place en fin d'énumération : sentiment d'angoisse extrême. – **6.** Sens ironique : content, fier de l'honneur à lui fait. – **7.** Nom d'un célèbre cabaretier du XVIIIe siècle. Ce n'est pas l'effet du hasard, note L. Forestier (éd. citée) : Maupassant n'aimait pas le ministère de l'Instruction publique (voir note 6, p. 23). – **8.** Palais abritant l'Administration d'un ministère, ainsi que les appartements officiels du ministre.

« Le Ministre de l'Instruction publique et Madame Georges Ramponneau prient Monsieur et Madame Loisel de leur faire l'honneur de venir passer la soirée à l'Hôtel du Ministère. »

Photo Roger-Viollet

Tu ne sors jamais, et c'est une occasion, cela, une belle ! J'ai eu une peine infinie à l'obtenir. Tout le monde en veut ; c'est très recherché et on n'en donne pas beaucoup aux employés. Tu verras là tout le monde officiel.

Elle le regardait d'un œil irrité, et elle déclara avec impatience :

— Que veux-tu que je me mette sur le dos pour aller là ?

Il n'y avait pas songé ; il balbutia :

— Mais la robe avec laquelle tu vas au théâtre. Elle me semble très bien, à moi...

Il se tut, stupéfait, éperdu, en voyant que sa femme pleurait. Deux grosses larmes descendaient lentement des coins des yeux vers les coins de la bouche ; il bégaya :

— Qu'as-tu ? qu'as-tu ?

Mais, par un effort violent, elle avait dompté sa peine et elle répondit d'une voix calme en essuyant ses joues humides :

— Rien. Seulement je n'ai pas de toilette et par conséquent je ne peux aller à cette fête. Donne ta carte à quelque collègue dont la femme sera mieux nippée [1] que moi.

Il était désolé. Il reprit :

— Voyons, Mathilde. Combien cela coûterait-il, une toilette convenable, qui pourrait te servir encore en d'autres occasions, quelque chose de très simple ?

Elle réfléchit quelques secondes, établissant ses comptes et songeant aussi à la somme qu'elle pouvait demander sans s'attirer un refus immédiat et une exclamation effarée du commis économe.

Enfin, elle répondit en hésitant :

---

1. Habillée, sans aucun sens familier (de « nippe », mot qui continue alors à désigner tout ce qui sert à la parure).

— Je ne sais pas au juste, mais il me semble qu'avec quatre cents francs [1] je pourrais arriver.

Il avait un peu pâli, car il réservait juste cette somme pour acheter un fusil et s'offrir des parties de chasse, l'été suivant, dans la plaine de Nanterre [2], avec quelques amis qui allaient tirer des alouettes, par là, le dimanche.

Il dit cependant :

— Soit. Je te donne quatre cents francs. Mais tâche d'avoir une belle robe.

Le jour de la fête approchait, et Mme Loisel semblait triste, inquiète, anxieuse. Sa toilette était prête cependant. Son mari lui dit un soir :

— Qu'as-tu ? Voyons, tu es toute drôle depuis trois jours.

Et elle répondit :

— Cela m'ennuie de n'avoir pas un bijou, pas une pierre, rien à mettre sur moi. J'aurai l'air misère [3] comme tout. J'aimerais presque mieux ne pas aller à cette soirée.

Il reprit :

— Tu mettras des fleurs naturelles. C'est très chic en cette saison-ci. Pour dix francs [4] tu auras deux ou trois roses magnifiques.

Elle n'était point convaincue.

— Non... il n'y a rien de plus humiliant que d'avoir l'air pauvre au milieu de femmes riches.

---

1. Le franc de l'époque, dit « Franc Germinal » parce qu'il fut créé par la Révolution, représente en gros 19 F actuels. La robe coûte donc 7 600 F de nos jours, somme assez élevée si on songe qu'un employé de ministère comme Loisel gagnait entre 1 800 et 2 400 F de l'époque par an, soit entre 34 200 et 45 600 F actuels. – **2.** La plaine de Nanterre, située non loin de Paris, n'est alors pas une banlieue de la capitale, mais un ensemble de jardins, où l'on chasse le petit gibier (notamment les alouettes, très recherchées pour leur chair). – **3.** « J'aurai l'air d'une femme indigente. » – **4.** Donc pour 190 F actuels.

« Elle découvrit dans une boîte de satin noir une superbe rivière de diamants... Elle l'attacha autour de sa gorge et demeura en extase devant elle-même. »

(J. Scalbert, *Le Nouveau Collier*)

Photo Roger-Viollet

Mais son mari s'écria :

— Que tu es bête ! Va trouver ton amie Mme Forestier[1] et demande-lui de te prêter des bijoux. Tu es bien assez liée avec elle pour faire cela.

Elle poussa un cri de joie :

— C'est vrai. Je n'y avais point pensé.

Le lendemain, elle se rendit chez son amie et lui conta sa détresse.

Mme Forestier alla vers son armoire à glace, prit un large coffret, l'apporta, l'ouvrit et dit à Mme Loisel :

— Choisis, ma chère.

Elle vit d'abord des bracelets, puis un collier de perles, puis une croix vénitienne[2], or et pierreries, d'un admirable travail[3]. Elle essayait les parures devant la glace, hésitait, ne pouvait se décider à les quitter, à les rendre. Elle demandait toujours :

— Tu n'as plus rien d'autre ?

— Mais si. Cherche. Je ne sais pas ce qui peut te plaire.

Tout à coup elle découvrit, dans une boîte de satin noir, une superbe rivière de diamants[4] ; et son cœur se mit à battre d'un désir immodéré. Ses mains tremblaient en la prenant. Elle l'attacha autour de sa gorge, sur sa robe montante, et demeura en extase[5] devant elle-même.

Puis, elle demanda, hésitante, pleine d'angoisse :

— Peux-tu me prêter cela, rien que cela ?

---

1. Nom également porté par Madeleine, la femme-écrivain, que Duroy, le héros de *Bel-Ami*, roman que Maupassant rédige entre 1884-1885, a séduite et qu'il va épouser après la mort de son mari. – **2.** Vraisemblablement une croix de type grec, donc à branches égales, et sertie (voir le contexte) de pierres multicolores. Elle a été fabriquée à Venise, qui eut des rapports étroits avec Constantinople et a subi longtemps, y compris dans la joaillerie, l'influence de l'art byzantin. – **3.** Manière dont le bijou a été exécuté, et qui le rend semblable à un chef-d'œuvre. – **4.** Bijou de grand prix : collier de diamants sertis chacun dans de l'or ou du platine, ainsi nommé parce que les pierres, nombreuses, ruissellent et brillent comme l'eau d'une rivière. – **5.** Admiration très forte, qui occupe tout l'esprit (du grec *extasis*, égarement de l'esprit). Même sens que l'expression « tomber en extase ».

— Mais oui, certainement.

Elle sauta au cou de son amie, l'embrassa avec emportement, puis s'enfuit avec son trésor.

Le jour de la fête arriva. Mme Loisel eut un succès. Elle était plus jolie que toutes, élégante, gracieuse, souriante et folle de joie. Tous les hommes la regardaient, demandaient son nom, cherchaient à être présentés. Tous les attachés du cabinet [1] voulaient valser avec elle. Le ministre la remarqua.

Elle dansait avec ivresse, avec emportement, grisée par le plaisir, ne pensant plus à rien, dans le triomphe de sa beauté, dans la gloire [2] de son succès, dans une sorte de nuage de bonheur fait de tous ces hommages, de toutes ces admirations, de tous ces désirs éveillés, de cette victoire si complète et si douce au cœur des femmes.

Elle partit vers quatre heures du matin. Son mari, depuis minuit, dormait dans un petit salon désert avec trois autres messieurs dont les femmes s'amusaient beaucoup.

Il lui jeta sur les épaules les vêtements qu'il avait apportés pour la sortie, modestes vêtements de la vie ordinaire, dont la pauvreté jurait avec l'élégance de la toilette de bal. Elle le sentit et voulut s'enfuir, pour ne pas être remarquée par les autres femmes qui s'enveloppaient de riches fourrures.

Loisel la retenait :

— Attends donc. Tu vas attraper froid dehors. Je vais appeler un fiacre [3].

---

1. Personnes employées, à des titres divers, dans le service le plus proche du ministre, dans son conseil (un des sens de « cabinet » qui désigne à l'origine l'endroit le plus privé d'une maison). – **2.** L'éclat de sa beauté. – **3.** Voiture à cheval, stationnant dans les rues, et que l'on prenait comme on prend aujourd'hui un taxi. Elle devait son nom au fait que leur inventeur (1640) habitait une maison de Paris ornée d'une gravure de saint Fiacre.

« Elle dansait avec ivresse, avec emportement, ne pensant plus à rien dans le triomphe de sa beauté. »

Photo Roger-Viollet

Mais elle ne l'écoutait point et descendait rapidement l'escalier. Lorsqu'ils furent dans la rue, ils ne trouvèrent pas de voiture ; et ils se mirent à chercher, criant après les cochers qu'ils voyaient passer de loin.

Ils descendaient vers la Seine, désespérés, grelottants. Enfin ils trouvèrent sur le quai un de ces vieux coupés [1] noctambules [2] qu'on ne voit dans Paris que la nuit venue, comme s'ils eussent été honteux de leur misère pendant le jour [3].

Il les ramena jusqu'à leur porte, rue des Martyrs [4], et ils remontèrent tristement chez eux. C'était fini, pour elle. Et il songeait, lui, qu'il lui faudrait être au Ministère à dix heures [5].

Elle ôta les vêtements dont elle s'était enveloppé les épaules, devant la glace, afin de se voir encore une fois dans sa gloire. Mais soudain elle poussa un cri. Elle n'avait plus sa rivière autour du cou !

Son mari, à moitié dévêtu déjà, demanda :

— Qu'est-ce que tu as ?

Elle se tourna vers lui, affolée :

— J'ai... j'ai... je n'ai plus la rivière de Mme Forestier.

Il se dressa, éperdu :

— Quoi !... Comment !... Ce n'est pas possible !

Et ils cherchèrent dans les plis de la robe, dans les plis du manteau, dans les poches, partout. Ils ne la trouvèrent point.

---

1. Voitures à quatre roues, à deux places. Synonyme ici de vieux fiacres (voir le contexte). – **2.** A la recherche de clients, malgré l'heure tardive (se dit normalement de personnes qui veillent quand les autres dorment). – **3.** Proposition comparative construite avec le subjonctif plus-que-parfait (conditionnel passé deuxième forme), remplaçant l'indicatif plus-que-parfait : tournure plus élégante. – **4.** Située dans le IXe arrondissement, et donnant sur l'actuel boulevard de Rochechouart, dans un quartier occupé par des gens de classe moyenne. – **5.** Heure, pour nous inhabituelle, à laquelle on commençait alors à travailler dans les ministères !

Il demandait :

— Tu es sûre que tu l'avais encore en quittant le bal ?

— Oui, je l'ai touchée dans le vestibule[1] du Ministère.

— Mais, si tu l'avais perdue dans la rue, nous l'aurions entendue tomber. Elle doit être dans le fiacre.

— Oui. C'est probable. As-tu pris le numéro[2] ?

— Non. Et toi, tu ne l'as pas regardé ?

— Non.

Ils se contemplaient atterrés. Enfin Loisel se rhabilla.

— Je vais, dit-il, refaire tout le trajet que nous avons fait à pied, pour voir si je ne la retrouverai pas.

Et il sortit. Elle demeura en toilette de soirée, sans force pour se coucher, abattue sur une chaise, sans feu, sans pensée.

Son mari rentra vers sept heures. Il n'avait rien trouvé.

Il se rendit à la Préfecture de police[3], aux journaux, pour faire promettre une récompense, aux compagnies de petites voitures, partout enfin où un soupçon d'espoir le poussait.

Elle attendit tout le jour, dans le même état d'effarement devant cet affreux désastre.

Loisel revint le soir, avec la figure creusée, pâlie ; il n'avait rien découvert.

— Il faut, dit-il, écrire à ton amie que tu as brisé la fermeture de sa rivière et que tu la fais réparer. Cela nous donnera le temps de nous retourner.

Elle écrivit sous sa dictée.

---

1. Pièce d'entrée d'un édifice, en principe plus grande qu'une antichambre (voir note 7, p. 24). – **2.** Les voitures de louage, appartenant à des compagnies, avaient chacune leur numéro. Il y avait plusieurs compagnies, qui avaient leur siège près du Palais-Royal et de l'Opéra (note de L. Forestier, éd. citée). C'est là que Loisel va se rendre (voir plus bas, dans le texte). – **3.** Siège de l'Administration de la police du département de la Seine, créée en 1800. On suppose que Loisel y fait une déclaration de perte.

Au bout d'une semaine, ils avaient perdu toute espérance.

Et Loisel, vieilli de cinq ans, déclara :

— Il faut aviser à remplacer ce bijou.

Ils prirent, le lendemain, la boîte qui l'avait renfermé, et se rendirent chez le joaillier [1], dont le nom se trouvait dedans. Il consulta ses livres :

— Ce n'est pas moi, madame, qui ai vendu cette rivière ; j'ai dû seulement fournir l'écrin.

Alors ils allèrent de bijoutier en bijoutier, cherchant une parure pareille à l'autre, consultant leurs souvenirs, malades tous deux de chagrin et d'angoisse.

Ils trouvèrent, dans une boutique du Palais Royal [2], un chapelet de diamants qui leur parut entièrement semblable à celui qu'ils cherchaient. Il valait quarante mille francs [3]. On le leur laisserait à trente-six mille.

Ils prièrent donc le joaillier de ne pas le vendre avant trois jours. Et ils firent condition qu'on le reprendrait, pour trente-quatre mille francs, si le premier était retrouvé avant la fin de février.

Loisel possédait dix-huit mille francs [4] que lui avait laissés son père. Il emprunterait le reste.

Il emprunta, demandant mille francs à l'un, cinq cents à l'autre, cinq louis [5] par-ci, trois louis par-là. Il fit des billets [6], prit des engagements ruineux, eut affaire aux

---

1. Commerçant de luxe, le joaillier vend des joyaux, pierres précieuses, montées ou non en parures (alors que le bijoutier vend des bijoux de toute sorte). – **2.** Boutique située dans les galeries du Palais-Royal (ainsi nommé parce qu'il fut donné au jeune Louis XIII par le cardinal de Richelieu), et où il y avait de nombreux commerces et des cafés. – **3.** Somme énorme : 760 000 F de nos jours (voir pour la conversion, note 1, p. 32) ! – **4.** Soit 342 000 F actuels. – **5.** Pièce créée sous Louis XIII, et portant la tête de ce roi, d'où son nom. En principe supprimée avec la création du franc ; mais on continuait d'appeler ainsi la pièce de vingt francs. – **6.** Reconnaissances de dette, avec promesse de rembourser à date fixe.

usuriers[1], à toutes les races de prêteurs. Il compromit toute la fin de son existence, risqua sa signature[2] sans savoir même s'il pourrait y faire honneur, et, épouvanté par les angoisses de l'avenir, par la noire misère qui allait s'abattre sur lui, par la perspective de toutes les privations physiques et de toutes les tortures morales, il alla chercher la rivière nouvelle, en déposant sur le comptoir du marchand trente-six mille francs.

Quand Mme Loisel reporta la parure à Mme Forestier, celle-ci lui dit, d'un air froissé :

— Tu aurais dû me la rendre plus tôt, car je pouvais en avoir besoin.

Elle n'ouvrit pas l'écrin, ce que redoutait son amie. Si elle s'était aperçue de la substitution, qu'aurait-elle pensé ? qu'aurait-elle dit ? Ne l'aurait-elle pas prise pour une voleuse ?

Mme Loisel connut la vie horrible des nécessiteux[3]. Elle prit son parti, d'ailleurs, tout d'un coup, héroïquement. Il fallait payer cette dette effroyable. Elle payerait. On renvoya la bonne ; on changea de logement ; on loua sous les toits une mansarde[4].

Elle connut les gros travaux du ménage, les odieuses[5] besognes de la cuisine. Elle lava la vaisselle, usant ses ongles roses sur les poteries grasses[6] et le fond des casseroles. Elle savonna le linge sale, les chemises et les

---

1. Sens péjoratif, encore accentué par « toutes les races de prêteurs » : personnes qui avancent de l'argent à un taux d'intérêt supérieur à ce que permet la loi. Ils étaient la dernière ressource des gens qui ne pouvaient emprunter ailleurs. – **2.** A rapprocher de « il fit des billets » (voir note 6, p. 41) : il signe des promesses de remboursement sans être sûr de pouvoir tenir son engagement. – **3.** Qui manquent même du nécessaire pour vivre. – **4.** Pièce sous les combles, en général louée à des gens pauvres. – **5.** Sens premier : qui suscitaient chez elle la haine. – **6.** Ustensiles de cuisine en terre, et de peu de valeur. Ils marquent bien la déchéance de l'héroïne.

torchons, qu'elle faisait sécher sur une corde ; elle descendit à la rue, chaque matin, les ordures [1], et monta l'eau [2], s'arrêtant à chaque étage pour souffler. Et, vêtue comme une femme du peuple, elle alla chez le fruitier, chez l'épicier, chez le boucher, le panier au bras, marchandant, injuriée, défendant sou à sou [3] son misérable argent.

Il fallait chaque mois payer des billets, en renouveler d'autres, obtenir du temps.

Le mari travaillait, le soir, à mettre au net les comptes [4] d'un commerçant, et la nuit, souvent, il faisait de la copie [5] à cinq sous la page.

Et cette vie dura dix ans.

Au bout de dix ans, ils avaient tout restitué, tout, avec le taux de l'usure [6], et l'accumulation des intérêts superposés [7].

Mme Loisel semblait vieille, maintenant. Elle était devenue la femme forte, et dure, et rude, des ménages pauvres. Mal peignée, avec les jupes [8] de travers et les mains rouges, elle parlait haut, lavait à grande eau les planchers. Mais parfois, lorsque son mari était au bureau, elle s'asseyait auprès de la fenêtre, et elle songeait à cette soirée d'autrefois, à ce bal, où elle avait été si belle et si fêtée.

Que serait-il arrivé si elle n'avait point perdu cette

---

1. On déposait les ordures ménagères devant la maison, et, depuis 1884, dans une poubelle (du nom du préfet de la Seine qui venait d'imposer ce récipient). – **2.** L'eau courante est alors loin d'être installée dans les immeubles, et on allait la chercher aux fontaines publiques. – **3.** Le sou était la vingtième partie du franc de l'époque, soit cinq centimes (= 0,95 F actuels). – **4.** Il fait un travail de comptable. – **5.** Il reproduit, à la plume, des documents (seul moyen, à l'époque, pour avoir des doubles), et gagne 4,75 F actuels par page. – **6.** Intérêt (ou loyer) de l'argent prêté par les usuriers (voir aussi note 1, p. 42), et qui varie de jour en jour. – **7.** Intérêts accumulés les uns sur les autres (il a plusieurs emprunts à la fois). – **8.** Ensemble comprenant la jupe de dessus et le jupon (jupe de dessous).

parure ? Qui sait ? qui sait ? Comme la vie est singulière [1], changeante ! Comme il faut peu de chose pour vous perdre ou vous sauver !

Or, un dimanche, comme elle était allée faire un tour aux Champs-Élysées [2] pour se délasser des besognes de la semaine, elle aperçut tout à coup une femme qui promenait un enfant. C'était Mme Forestier, toujours jeune, toujours belle, toujours séduisante.

Mme Loisel se sentit émue. Allait-elle lui parler ? Oui, certes. Et maintenant qu'elle avait payé, elle lui dirait tout. Pourquoi pas ?

Elle s'approcha.

— Bonjour Jeanne.

L'autre ne la reconnaissait point, s'étonnant d'être appelée ainsi familièrement par cette bourgeoise [3]. Elle balbutia :

— Mais... madame !... Je ne sais... Vous devez vous tromper.

— Non. Je suis Mathilde Loisel.

Son amie poussa un cri :

— Oh !... ma pauvre Mathilde, comme tu es changée !...

— Oui, j'ai eu des jours bien durs, depuis que je ne t'ai vue ; et bien des misères... et cela à cause de toi !...

— De moi... Comment ça ?

— Tu te rappelles bien cette rivière de diamants que tu m'as prêtée pour aller à la fête du Ministère.

— Oui. Eh bien ?

— Eh bien, je l'ai perdue.

---

1. Du latin *singulus*, « unique » : ici, sans équivalent ailleurs, et extraordinaire, bizarre. – **2.** Baptisée du nom du séjour des bienheureux dans le monde des morts gréco-latin, cette superbe avenue de Paris était bordée de beaux édifices depuis le Second Empire et servait de promenade aux Parisiens. – **3.** Sens péjoratif : une femme sans distinction (Maupassant parle du point de vue de Mme Forestier).

— Comment ! puisque tu me l'as rapportée.

— Je t'en ai rapporté une autre toute pareille. Et voilà dix ans que nous la payons. Tu comprends que ça n'était pas aisé pour nous, qui n'avions rien... Enfin c'est fini, et je suis rudement contente.

Mme Forestier s'était arrêtée.

— Tu dis que tu as acheté une rivière de diamants pour remplacer la mienne ?

— Oui. Tu ne t'en étais pas aperçue, hein ? Elles étaient bien pareilles.

Et elle souriait d'une joie orgueilleuse et naïve.

Mme Forestier, fort émue, lui prit les deux mains.

— Oh ! ma pauvre Mathilde ! Mais la mienne était fausse. Elle valait au plus cinq cents francs [1] !...

---

1. Donc 9 500 F actuels (voir note 1, p. 32). Mme Loisel, qui a remboursé 36 000 F d'époque (soit 684 000 F actuels), a donc perdu 26 500 F d'époque, soit 503 500 F actuels. Car le bijou de Mme Forestier ne représentait même pas 2 pour cent de cette somme !

LA LÉGENDE DU MONT-SAINT-MICHEL

PRÉSENTATION

Nous connaissions le diable menteur et séducteur ; nous savions qu'il est le père de tous les vices ; nous savions aussi qu'il change de visage à sa guise ; nous n'ignorions même pas qu'il a des liens avec la construction du Mont-Saint-Michel, trop beau pour ne pas avoir suscité sa convoitise. Mais qui nous aurait appris qu'il pouvait habiter la Normandie, y être un paysan et agir, parler en Normand, si Maupassant n'avait publié cette nouvelle en décembre 1882, dans *Gil Blas* (quotidien fondé en 1877), avant de l'insérer en 1884 dans le recueil *Clair de lune* (pp. 75-80), dont on reprend ici le texte ?

La Légende du Mont-Saint-Michel est donc d'abord une nouvelle normande et doit beaucoup aux deux séjours de Maupassant, en 1879 et 1882, dans la région du Mont-Saint-Michel et celle d'Avranches. C'est d'ailleurs de cette ville de la côte du Cotentin, notamment de la plate-forme près de l'ancienne cathédrale, qu'on a une des plus belles vues du Mont et de sa baie, comme il le remarque au début de son texte. Signe de son admiration, le même événement est évoqué, et en des termes proches, voire identiques — « baie démesurée », « bijou de granit », « ciel d'or et de clarté » du couchant — dans

Le Horla de 1887, où, comme ici, il aperçoit le Mont au couchant, puis à l'aurore (voir, dans la même collection, l'édition établie par Martine Bercot, Le Livre de Poche, pp. 41-42).

Le titre de son texte inclut le mot « légende », qui vient du latin *legenda*, « ce qui doit être lu », et désigne un récit populaire et merveilleux, souvent attaché à la vie des saints ; il pourrait faire penser que Maupassant parle de la construction de la « Merveille de l'Occident », objet de récits divers. Tantôt saint Michel apparaît, par deux fois, à Aubert, évêque d'Avranches, au début du VIIIe siècle, et lui demande de lui construire un sanctuaire (l'évêque, d'abord récalcitrant, le fera après que le saint lui aura violemment enfoncé son doigt dans le crâne) ; tantôt, défié par saint Michel, c'est le diable qui construit le Mont, tandis que le saint bâtit un palais de cristal, que Satan lui demandera bientôt d'échanger contre l'abbaye. Ces récits ont en commun de célébrer la prouesse architecturale que sont l'abbaye et ses dépendances, édifiées du XIe au XVIe siècle avec des pierres cherchées dans les îles Chausey ou en Bretagne.

Mais Maupassant a choisi une autre légende, plus simple et plus évocatrice, qui, d'abord inspirée par la tradition chrétienne et le folklore qui en dérive, se nourrit ensuite du pittoresque des mœurs normandes décrites non sans humour ni secrète sympathie. La source religieuse est connue ; léguée par la Bible, elle oppose Satan, l'archange déchu, et saint Michel, dont le nom signifie en hébreu « qui est comme Dieu ». L'opposition est moins développée dans l'Ancien Testament, où Michel, chef des anges restés fidèles à Dieu, et placé à la droite du trône divin, est avant tout le protecteur des Hébreux (Maupassant s'en souvient, comme le montre notre note 6, p. 61), que dans le Nouveau, où saint Michel est souvent mentionné. Et toujours comme l'adversaire privilégié, et entreprenant, du diable : il

Avranches et la baie du Mont-Saint-Michel.
Maupassant les visita en 1879 et 1882. D.R.

empêche celui-ci de s'emparer du corps de Moïse et le maudit (Épître de Jude, 9) ; avec ses troupes, il combat le dragon et le précipite dans l'abîme (Apocalypse, XII, 7-9) ; il donne le signal du jugement dernier (Première Épître de Paul aux Thessaloniciens, IV, 16). Si important même est son rôle dans la lutte contre le Mal qu'une basilique lui est dédiée très tôt à Rome, en 530. Il est invoqué dans tous les cas graves, par exemple lors de la mort ; sa fête est célébrée avec faste le 29 septembre. En France, où il est en partie à l'origine de la mission de Jeanne d'Arc, plus de cinq cents paroisses sont sous son patronage, et plus de soixante communes portent son nom.

La défaite de Satan est également inscrite dans le folklore depuis le Moyen Age. Fidèle au canevas biblique, mais traitée dans un style accessible au grand public, elle y revêt des aspects plus réalistes et plus ironiques, qui, tous, prenant le diable à son propre piège, tournent autour du motif du trompeur trompé. Ainsi dans *Merlin*, roman en prose du début du XIVe siècle, où Merlin, fils du diable, et qui a reçu de son père le don de lire dans le passé, est finalement « récupéré » par Dieu qui lui accorde la faculté de lire l'avenir.

Au-delà de ces influences livresques, l'intérêt de ce texte est de situer un vieux combat dans une province qui était chère à Maupassant et à laquelle il a consacré bien de ses nouvelles. A-t-il eu vent d'autres histoires sur le diable, non liées à la Normandie, mais où il est question d'un démon jardinier ? C'est possible. Il y a, dans le Maine, un diable qui sème ses mauvaises herbes (chardon, ciguë, ivraie) à la place des bonnes ; il y a, ailleurs, un diable destructeur qui, à peine saint Michel a-t-il planté l'« herbe saint Michel » *(Knantia arvensis)*, s'empresse d'en couper les racines qui, naturellement, repoussent aussi vite. Mais, la Normandie, la Basse-Normandie avant tout, demeure au centre de *La Légende* [...], et le diable de Maupassant est donc bien normand.

Il l'est par le lieu où il vit, qui est prestigieux (l'architecture somptueuse de l'abbaye), et humblement rural, aspect décelable dans les rapides mais denses descriptions de paysage (p. 62, ces « belles terres grasses où poussent les récoltes lourdes ») ; il l'est par ses connaissances en agriculture et — rare entorse à la légende voulant qu'il déteste travailler — par son métier de cultivateur ; il l'est enfin par ses goûts alimentaires (surmulets, calvados et galettes au beurre). Bref, voilà un paysan qui a les pieds sur terre. Saint Michel qui n'est pas moins enraciné dans son terroir est un adversaire à sa mesure. Fuyant l'oisiveté mais amateur de bonne chère, il sait conclure une affaire selon les rites, et il n'est jusqu'aux défauts qu'on prêtait à l'époque aux Bas-Normands qu'il ne partage avec le diable des bocages, car il aime tout autant les contrats, surtout ceux qui grugent le partenaire...

Le dénouement, imposé par une légende qui n'est pas normande, est pour une fois sans surprise. Maupassant a toutefois l'art de le faire attendre. La nouvelle, où interviennent l'auteur et un narrateur anonyme, est en effet construite selon la technique du suspense répété. Après la description lyrique en deux volets (le Mont au couchant puis au lever), la parole est donnée au conteur normand qui présente la situation initiale, puis narre l'action elle-même : premier marché et première duperie ; second accord et deuxième duperie ; retour à la situation du début et rebondissement, grâce à la nouvelle ruse de saint Michel qui, connaissant la gourmandise du diable, lui offre un plantureux repas. Et c'est enfin la fuite du diable et sa chute, conformes à la tradition.

G.E.

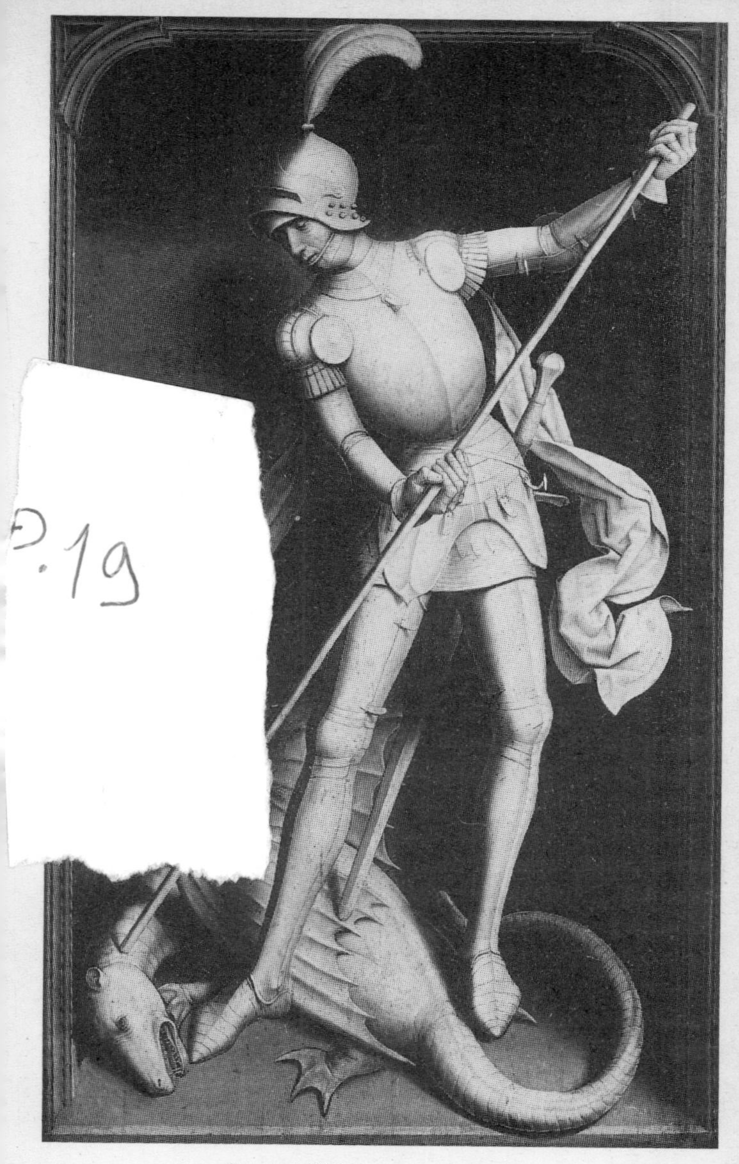

Satan défait par saint Michel,
un thème folklorique remontant au Moyen Age.

Photo Bulloz

Je l'avais vu d'abord de Cancale [1], ce château de fées [2] planté dans la mer. Je l'avais vu confusément, ombre grise dressée sur le ciel brumeux.

Je le revis d'Avranches, au soleil couchant. L'immensité des sables était rouge, l'horizon était rouge, toute la baie démesurée était rouge ; seule, l'abbaye escarpée [3], poussée là-bas, loin de la terre, comme un manoir fantastique [4], stupéfiante comme un palais de rêve, invraisemblablement étrange et belle, restait presque noire dans les pourpres [5] du jour mourant.

J'allai vers elle le lendemain dès l'aube à travers les sables, l'œil tendu sur ce bijou monstrueux [6], grand comme une montagne, ciselé comme un camée [7], et vaporeux comme une mousseline [8]. Plus j'approchais, plus je me sentais soulevé d'admiration, car rien au monde peut-être n'est plus étonnant et plus parfait.

---

1. Petite ville de Bretagne, célèbre par son rocher, située près de la pointe du Grouin, à l'ouest du Mont-Saint-Michel, que l'on aperçoit à une vingtaine de kilomètres à vol d'oiseau. – **2.** Château aussi beau et imposant que celui d'un conte de fées (le terme « château » est justifié, car le Mont était aussi une forteresse militaire). – **3.** Bâtie sur un rocher très élevé (il domine la mer de quatre-vingts mètres). – **4.** Qui n'a pas l'apparence de choses réelles, surnaturel. – **5.** Image courante pour la couleur rouge-violet du couchant, analogue à celle de la teinture tirée chez les anciens d'un mollusque *(murex brandaris)*. – **6.** Sens plutôt positif ici, signifie : qui a quelque chose de prodigieux. – **7.** Taillé en relief comme un camée, pierre fine composée de différentes couches et sur laquelle on a sculpté un motif, une figure. – **8.** Aussi léger et aérien que la mousseline, étoffe claire, très fine, en soie ou en coton.

Et j'errai, surpris comme si j'avais découvert l'habitation d'un dieu à travers ces salles portées par des colonnes légères ou pesantes, à travers ces couloirs percés à jour [1], levant mes yeux émerveillés sur ces clochetons [2] qui semblent des fusées [3] parties vers le ciel et sur tout cet emmêlement incroyable de tourelles [4], de gargouilles [5], d'ornements sveltes et charmants, feu d'artifice de pierre [6], dentelle de granit [7], chef-d'œuvre d'architecture colossale et délicate.

Comme je restais en extase, un paysan bas-normand [8] m'aborda et me raconta l'histoire de la grande querelle de saint Michel avec le diable.

Un sceptique de génie [9] a dit : « Dieu a fait l'homme à son image, mais l'homme le lui a bien rendu. »

Ce mot est d'une éternelle vérité et il serait fort curieux de faire dans chaque continent l'histoire de la divinité locale, ainsi que l'histoire des saints patrons [10] dans chacune de nos provinces. Le nègre [11] a des idoles

---

1. Couloirs avec de nombreuses ouvertures laissant passer la lumière. – **2.** Ornements de pierre, en forme de petits clochers, qu'on ajoute aux murailles. – **3.** Cylindres de carton, remplis de poudre, qui servent pour les feux d'artifice. L'image traduit ici la légèreté des sculptures gothiques qui semblent s'envoler vers le ciel. – **4.** Petites tours. – **5.** Trous sculptés soit dans les gouttières, soit dans les murailles, pour l'écoulement des eaux. Ils ont traditionnellement la forme d'animaux monstrueux. – **6.** Prolonge l'image contenue dans « fusées » (voir note 3, ci-dessus). – **7.** Le granit, roche dure composée de feldspath et de mica, a fourni les pierres, sculptées aussi finement que de la dentelle, du Mont-Saint-Michel. – **8.** La Basse-Normandie, région à l'ouest et au centre de la Normandie, est au XIXe siècle plus rurale, et de mentalité plus traditionnelle, que la Haute-Normandie, déjà plus développée industriellement. – **9.** Adepte d'une philosophie qui remonte à l'Antiquité et qui a pour principe le doute généralisé, exprimé souvent de manière ironique. Il s'agit ici de Voltaire (1694-1778), dans *Le Sottisier (Mélanges)* ; et son affirmation, qui revient dans *Le Horla* (voir éd. déjà citée, p. 50), introduit les exemples de la diversité des croyances religieuses. – **10.** Saints chargés de protéger particulièrement un pays, une région ou une ville. – **11.** Le mot (du portugais *negro*, « noir »), désigne à l'époque, sans aucune nuance péjorative, les Africains.

Vue du Mont-Saint-Michel, *« ce bijou monstrueux, grand comme une montagne, ciselé comme un camée et vaporeux comme une mousseline ».*

Photo Roger-Viollet

féroces [1], mangeuses d'hommes ; le mahométan [2] polygame [3] peuple son paradis de femmes [4] ; les Grecs, en gens pratiques, avaient divinisé toutes les passions [5].

Chaque village de France est placé sous l'invocation d'un saint protecteur, modifié à l'image des habitants.

Or, saint Michel veille sur la Basse-Normandie, saint Michel, l'ange radieux et victorieux, le porte-glaive, le héros du ciel, le triomphant, le dominateur de Satan [6].

Mais voici comment le Bas-Normand, rusé, cauteleux [7], sournois et chicanier [8], comprend et raconte la lutte du grand saint avec le diable.

Pour se mettre à l'abri des méchancetés du démon, son voisin, saint Michel construisit lui-même [9], en plein océan, cette habitation digne d'un archange [10] ; et, seul, en effet, un pareil saint pouvait se créer une semblable résidence.

---

1. Figures ou statues représentant une divinité à laquelle on rend un culte. Maupassant prête ici aux dieux africains, qualifiés de « féroces » (littéralement : cruels comme des bêtes sauvages), des coutumes alimentaires — le cannibalisme — en général pratiquées par certaines tribus. – **2.** Celui qui a la religion de Mahomet, l'Islam. – **3.** Qui a plusieurs femmes. – **4.** Dans la tradition musulmane, le paradis est peuplé de *houris*, belles jeunes femmes réservées aux croyants qui auront fait le bien sur terre. – **5.** « Passions » a ici le sens de « Mouvement de l'âme, en bien ou en mal, pour le plaisir ou pour la peine » (Littré), et rappelle, tout en exagérant un peu, que, dans le panthéon grec, nombre de dieux incarnaient les qualités et les défauts humains : Arès (Mars), la guerre, Aphrodite (Vénus) l'amour, Artémis (Diane) la chasse, etc. – **6.** Mots conformes à la tradition et à l'imagerie bibliques. Michel est un des sept anges qui ont le privilège de se tenir devant Dieu et d'être illuminés par sa lumière. « Porte-glaive », défenseur de Dieu, Michel apparaît souvent avec « à la main une épée nue » (par exemple à Josué, avant la prise de Jéricho). – **7.** Sens péjoratif : plein de ruse et de précaution (défaut prêté traditionnellement aux paysans normands). – **8.** Qui aime, lors d'un procès ou, plus simplement, dans une négociation commerciale, contester sur tout et souvent sans fondement. La chicane est proprement l'« abus des ressources et des formalités de la justice » (Littré). – **9.** Allusion à une des légendes relatives à la construction du Mont : Satan, qui règne sur la terre, ne cesse de poursuivre saint Michel qui, arrivé au bout de la terre et cerné, crée une tranchée, séparant ainsi le rocher de la terre ferme. – **10.** Ange supérieur, placé au huitième rang des esprits célestes.

Mais, comme il redoutait encore les approches du Malin [1], il entoura son domaine de sables mouvants plus perfides que la mer [2].

Le diable habitait une humble chaumière sur la côte ; mais il possédait les prairies baignées d'eau salée [3], les belles terres grasses où poussent les récoltes lourdes, les riches vallées et les coteaux féconds de tout le pays ; tandis que le saint ne régnait que sur les sables. De sorte que Satan était riche, et saint Michel était pauvre comme un gueux [4].

Après quelques années de jeûne, le saint s'ennuya de cet état de choses et pensa à passer un compromis [5] avec le diable ; mais la chose n'était guère facile, Satan tenant à ses moissons.

Il réfléchit pendant six mois ; puis, un matin, il s'achemina vers la terre. Le démon mangeait la soupe [6] devant sa porte quand il aperçut le saint ; aussitôt il se précipita à sa rencontre, baisa le bas de sa manche [7], le fit entrer et lui offrit de se rafraîchir.

Après avoir bu une jatte de lait, saint Michel prit la parole :

— Je suis venu pour te proposer une bonne affaire.

---

1. Substantif employé absolument, et comme nom propre, pour désigner traditionnellement le diable, être porté à faire le mal. – **2.** Évocation d'un danger fréquent dans la baie : à marée basse, les bancs de sable encore gorgés d'eau s'étendent très loin et cèdent sous le pas des promeneurs imprudents, qui s'y enfoncent lentement. – **3.** Prairies renommées, situées dans la baie du Mont-Saint-Michel, et qui, gorgées d'eau de mer, ont une herbe légèrement salée, qui donne à la chair des moutons ou des agneaux un goût très apprécié des connaisseurs. Voir aussi plus bas, au mot « pré-salé ». – **4.** Pauvre comme quelqu'un qui est réduit à mendier. – **5.** Faire une transaction. – **6.** Rappelle l'habitude, encore très répandue à l'époque, de prendre le matin, non du café, mais de la soupe (potage trempé avec des tranches de pain). – **7.** Geste de vénération par lequel on saluait autrefois certains dignitaires religieux.

Le diable, candide [1] et sans défiance [2], répondit :
— Ça me va.
— Voici. Tu me céderas toutes tes terres.
Satan, inquiet, voulut parler.
— Mais...
Le saint reprit :
— Écoute d'abord. Tu me céderas toutes tes terres. Je me chargerai de l'entretien, du travail, des labourages, des semences, du fumage [3], de tout enfin et nous partagerons la récolte par moitié. Est-ce dit ?
Le diable, naturellement paresseux, accepta.
Il demanda seulement en plus quelques-uns de ces délicieux surmulets [4] qu'on pêche autour du mont solitaire. Saint Michel promit les poissons.
Ils se tapèrent dans la main, crachèrent de côté [5] pour indiquer que l'affaire était faite, et le saint reprit :
— Tiens, je ne veux pas que tu aies à te plaindre de moi. Choisis ce que tu préfères : la partie des récoltes qui sera sur terre ou celle qui restera dans la terre.
Satan s'écria :
— Je prends celle qui sera sur terre.
— C'est entendu, dit le saint.
Et il s'en alla.
Or, six mois après, dans l'immense domaine du diable, on ne voyait que des carottes, des navets, des oignons, des salsifis, toutes les plantes dont les racines grasses sont bonnes et savoureuses, et dont la feuille inutile sert tout au plus à nourrir les bêtes.

---

1. Venant du latin *candidus*, « blanc », l'adjectif a d'abord eu ce sens ; puis, il a désigné la qualité de quelqu'un qui se livre avec confiance et innocence. C'est le sens ici, mais avec quelque chose de cocasse, car le diable est généralement noir... – **2.** On est défiant quand on ne se confie à autrui qu'avec précaution. – **3.** Action d'enrichir la terre avec du fumier. – **4.** Poissons de grande taille, plus grands que le mulet ordinaire, et qui se logent habituellement près des fonds vaseux. D'où leur préférence pour la baie du Mont-Saint-Michel. – **5.** Gestes traditionnels, dans les campagnes, pour sceller définitivement un accord.

Satan n'eut rien et voulut rompre le contrat, traitant saint Michel de « malicieux [1] ».

Mais le saint avait pris goût à la culture ; il retourna trouver le diable :

— Je t'assure que je n'y ai point pensé du tout ; ça s'est trouvé comme ça ; il n'y a point de ma faute. Et, pour te dédommager, je t'offre de prendre, cette année, tout ce qui se trouvera sous terre.

— Ça me va, dit Satan.

Au printemps suivant, toute l'étendue des terres de l'Esprit du mal [2] était couverte de blés épais, d'avoines grosses comme des clochetons [3], de lins, de colzas magnifiques, de trèfles rouges, de pois, de choux, d'artichauts, de tout ce qui s'épanouit au soleil en graines ou en fruits.

Satan n'eut encore rien et se fâcha tout à fait.

Il reprit ses prés et ses labours et resta sourd à toutes les ouvertures nouvelles de son voisin.

Une année entière s'écoula. Du haut de son manoir isolé, saint Michel regardait la terre lointaine et féconde, et voyait le diable dirigeant les travaux, rentrant les récoltes, battant ses grains [4]. Et il rageait, s'exaspérant de son impuissance. Ne pouvant plus duper Satan, il résolut de s'en venger, et il alla le prier à dîner [5] pour le lundi suivant.

— Tu n'as pas été heureux dans tes affaires avec moi, disait-il, je le sais ; mais je ne veux pas qu'il reste de rancune entre nous, et je compte que tu viendras dîner avec moi. Je te ferai manger de bonnes choses.

---

1. Porté à être méchant, à malfaire : reproche amusant dans la bouche du diable... – **2.** Dénomination traditionnelle du diable (voir note 1, p. 62). – **3.** Hyperbole : avoines vigoureuses et élancées comme les sculptures en pierre expliquées en note 2, p. 58. – **4.** Battant le blé avec un fléau pour séparer les grains du reste. – **5.** L'invita à déjeuner, le verbe « dîner » se rapportant à l'époque, dans les campagnes, au repas de midi.

Le Mont-Saint-Michel : la salle des Chevaliers.
« Ils couraient par les salles basses, tournant autour des piliers, montaient les escaliers aériens... » D.R.

Satan, aussi gourmand que paresseux, accepta bien vite. Au jour dit, il revêtit ses plus beaux habits et prit le chemin du Mont.

Saint Michel le fit asseoir à une table magnifique. On servit d'abord un vol-au-vent [1] plein de crêtes et de rognons de coq [2], avec des boulettes de chair à saucisse, puis deux gros surmulets à la crème, puis une dinde blanche pleine de marrons confits [3] dans du vin, puis un gigot de pré-salé [4], tendre comme du gâteau ; puis des légumes qui fondaient dans la bouche et de la bonne galette chaude, qui fumait en répandant un parfum de beurre.

On but du cidre pur, mousseux et sucré, et du vin rouge et capiteux [5], et, après chaque plat, on faisait un trou avec de la vieille eau-de-vie de pommes [6].

Le diable but et mangea comme un coffre [7], tant et si bien qu'il se trouva gêné [8].

Alors saint Michel, se levant formidable [9], s'écria d'une voix de tonnerre :

— Devant moi ! devant moi, canaille ! Tu oses... devant moi...

---

1. Entrée en forme de petit puits, faite en pâte feuilletée si légère qu'elle pourrait s'envoler au vent. – **2.** Excroissances de chair sur la tête des coqs. « Rognons de coq » : par euphémisme, les testicules du coq, considérés comme un mets de choix. – **3.** Marrons conservés, sans sucre, dans un vin qui leur a donné son goût. – **4.** Agneau élevé dans les prairies d'eau salée (voir note 3, p. 62). On notera le grand nombre de plats, conforme aux repas de fête de l'époque. – **5.** Se dit d'un vin à degré d'alcool élevé et qui monte à la tête (du latin *caput*, « tête »). – **6.** Saint Michel et son invité font le fameux « trou normand », qui consiste à boire quelque chose — ici, une « vieille eau-de-vie de pommes », c'est-à-dire le calvados, obtenu par distillation du cidre — entre deux plats pour se redonner de l'appétit. – **7.** But et mangea excessivement. A rapprocher de l'expression :« S'en mettre plein le coffre », pour « manger et boire beaucoup », où le mot « coffre » désigne la poitrine ou l'estomac. – **8.** Périphrase pour dire que, pris d'indigestion, il se mit à vomir. – **9.** Du latin *formido*, crainte. A ici son sens premier : qui inspire la terreur. « Se levant formidable » : tournure archaïque, où l'adjectif « formidable » est employé comme un adverbe.

Satan éperdu [1] s'enfuit, et le saint, saisissant un bâton le poursuivit.

Ils couraient par les salles basses, tournant autour des piliers, montaient les escaliers aériens, galopaient le long des corniches [2], sautaient de gargouille en gargouille [3]. Le pauvre démon [4], malade à fendre l'âme, fuyait, souillant la demeure du saint. Il se trouva enfin sur la dernière terrasse, tout en haut, d'où l'on découvre la baie immense avec ses villes lointaines, ses sables et ses pâturages. Il ne pouvait échapper plus longtemps ; et le saint, lui jetant dans le dos un coup de pied furieux, le lança comme une balle à travers l'espace [5].

Il fila dans le ciel ainsi qu'un javelot [6], et s'en vint tomber lourdement devant la ville de Mortain [7]. Les cornes de son front et les griffes de ses membres entrèrent profondément dans le rocher, qui garde pour l'éternité les traces de cette chute de Satan [8].

Il se releva boiteux [9], estropié jusqu'à la fin des siècles ; et, regardant au loin le Mont fatal [10], dressé comme un pic dans le soleil couchant, il comprit bien qu'il serait toujours vaincu dans cette lutte inégale, et il partit en

---

1. Troublé, égaré par la peur. – **2.** Parties supérieures, sculptées en saillie, des murailles. – **3.** Voir note 5, p. 58. – **4.** Expression exprimant l'état pitoyable de Satan, et calquée sur la tournure familière « Un pauvre diable ». – **5.** Dans la Bible, saint Michel précipite Satan dans l'abîme ; mais nombre de légendes le montrent en train de le lancer dans les airs. Ainsi celle de Braspartz, en Bretagne, où le saint fait, en riant, tourner dans l'air un dévidoir où sont accrochés les démons. Puis il les lance dans les fondrières. – **6.** Lance d'assez petite taille, qu'on jette à la main. – **7.** Petite ville à l'est d'Avranches, à environ 45 km à vol d'oiseau du Mont. – **8.** Près de Mortain, il y a effectivement une chapelle dédiée à saint Michel et deux lieux-dits, le pas du Diable et le pont du Diable. Ces « Pas du diable » sont célèbres, et on en trouve de nombreux dans l'Ouest, par exemple à Mont-Dol, à Plerguer (où il y a la trace de sa main et de sa tête). – **9.** Représentation traditionnelle du diable après sa chute, qui symbolise sa défaite morale. Maupassant a peut-être aussi pensé au *Diable boiteux*, roman de Lesage (1707), qui raconte l'histoire d'Asmodée, démon marchant avec des béquilles. – **10.** Du latin *fatalis*, formé sur *fatum*, « destin » : qui lui a apporté le malheur décidé par le destin (sens vieilli aujourd'hui).

traînant la jambe, se dirigeant vers des pays éloignés, abandonnant à son ennemi ses champs, ses plaines, ses coteaux, ses vallées et ses prés.

Et voilà comment saint Michel, patron des Normands, vainquit le diable.

Un autre peuple avait rêvé autrement cette bataille.

SUR L'EAU

PRÉSENTATION

Sur l'eau, ou dans l'eau ? On nous promet le récit de ce qui se passera au-dessus de l'eau ; on nous raconte l'aventure d'un homme plongé corps et âme dans la magie d'une rivière. Eau profonde, lourde, lente, et qui, selon la technique utilisée dans *La Parure* ou dans d'autres nouvelles, ne livrera son secret qu'à la fin. Ce secret, terrible, éclaire après coup les incidents survenus sur la Seine, pendant l'immobilisation du bateau. Mais il est simple, voire banal, car on le rencontre souvent. « Quoi, se dit le lecteur, ce n'était que cela ? » Pour un peu, il serait déçu. Mais non, il ne l'est pas, et la fin ne supprime pas les effets des frissons du début.

Sur l'eau, initialement titré *En canot*, a paru dans le *Bulletin français* du 10 mars 1876, puis, en 1881, et avec son titre définitif, dans le recueil *La Maison Tellier* (pp. 69-82). C'est cette version que nous présentons ici, en insistant d'abord sur sa portée autobiographique. Grand amoureux de l'eau — de toutes les eaux, celles de la mer et celles des rivières —, Maupassant avait l'habitude de faire du canot sur la Seine, entre 1873 et 1875, et nombre de détails du texte, comme dans *Le Horla* (voir, dans la même collection, au Livre de Poche, l'édition de M. Bercot), se rapportent explicitement à cette passion :

la location d'une maison au bord de la Seine, à Argenteuil ; les navigations nocturnes, sur un « *océan* » (voir note 2, p. 84), qu'il avait acquis à Rouen et avec lequel il se rendait à Croissy ou Chatou, villages situés à huit kilomètres d'Argenteuil, et signalés par « C... » dans le texte.

Se peut-il que sous les traits du canotier se cache l'un de ces pêcheurs « enragés » que Maupassant aimait à fréquenter ? Cette nouvelle n'est cependant pas une histoire vraie ; les éléments de la réalité ont été élaborés *par* et *dans* la fiction. Le montre bien la construction en récit à deux voix, où celle de Maupassant se contente d'introduire son personnage, puis se tait. Car déjà le canotier prend la parole ; figure pittoresque et conteur plein de ressources, il nous tiendra en haleine jusqu'au bout. Son récit comprend deux parties. Dans la première, il parle en poète — en poète épique — de la sombre beauté de la rivière, opposée à celle de la mer. Occasion, pour lui, de mettre également en parallèle deux univers de légendes, où les roseaux ne sont pas moins dangereux que les vagues. Dans la seconde partie, il narre son aventure proprement dite, elle-même découpée en trois phases. La phase 1 est celle de la promenade, du bateau arrêté sur l'eau sous la douce lumière de la lune, et rien n'y serait inquiétant si l'homme pouvait fumer sa pipe, activité, on le sait, des plus paisibles. Or, il ne le peut pas, saisi qu'il est d'une angoisse inexplicable. La phase 2 nous énumère les causes de cette angoisse. L'inquiétude est partout : l'ancre, prise dans la vase, ne remonte plus ; le brouillard se répand sur la Seine, la lune est maintenant « pâle », grenouilles et crapauds se taisent. Et le lecteur de trembler à son tour, car on n'ouvre pas en vain l'arsenal des terreurs de la nuit... Vient le dernier acte, où la brume ne couvre plus que les rives, dégageant à la vue le tableau, à nouveau enchanteur, de la rivière

« J'aime l'eau d'une passion désordonnée... les rivières si jolies mais qui passent, qui fuient, qui s'en vont. » Amour.
(Renoir, *La Seine à Argenteuil*) D.R.

sous la lune. Et c'est bientôt la délivrance, au petit jour, et l'explication de l'immobilisation du bateau.

On a vu dans *Sur l'eau* un récit aussi fantastique que *Le Horla*. Du fantastique, on peut dire qu'il est un événement et une réaction. L'événement découvre une sorte de faille dans le monde quotidien et la nature, là où quelque chose, subitement, prend une tournure jamais aperçue. La réaction de celui qui constate cette rupture est alors la désorientation et l'angoisse. *Sur l'eau* contient incontestablement ces deux éléments, et d'autant plus que le canotier connaît, avant même de monter en bateau, les inquiétantes légendes de la rivière. D'emblée il a donc peur, et il sera servi, si on peut dire, au-delà de ses espérances puisque le moindre fait devient danger. Et danger grave : son canot ballotté est livré à des êtres aquatiques qui cherchent à s'emparer de lui ; le brouillard se métamorphose en linceul (le canotier se sent « enseveli ») ; chaque forme (les arbres, les roseaux), chaque bruit (morceau de bois heurtant la barque, aboiement du chien dont on comprend qu'il hurle à la mort) est suspect...

« Imaginations fantastiques », « mirages », « fantasmagories », écrit pourtant Maupassant à propos des expériences de son héros. On ne saurait trop insister sur la signification de ces termes. La première expression souligne le caractère illusoire des visions du canotier (il rêve) ; et les deux autres mots, qui renvoient à l'idée de spectacle, suggèrent qu'il est victime d'un jeu d'optique où son regard enregistre des reflets qui ne sont pas réels. Et tout cela, avant même qu'on apprenne la vraie cause de ses terreurs. En somme, tout en décrivant la peur, Maupassant la dédramatise, et il nous montre que l'étrangeté est plus en nous, dans notre regard, que dans le monde (comme l'indiquent encore les expressions « Je me figurais », « Je me vis »).

Reste alors l'eau, avec ses couleurs brillantes, ses

bruits et ses roseaux. Elle est bien réelle, elle. Elle apparaît aux premiers mots, quand le canotier célèbre le charme équivoque de la rivière : noire, puisqu'on s'y noie, et claire comme l'eau de roche ; elle est aussi dans les derniers mots, ou presque, lorsque, toute « peur » abolie, il voit la Seine qui luit entre les bancs de brume. Malgré la présence du narrateur et sa force de persuasion, malgré le tragique de la fin, n'est-ce pas, en définitive la rivière qui est le seul héros de ce texte ?

G.E.

J'avais loué, l'été dernier, une petite maison de campagne au bord de la Seine, à plusieurs lieues [1] de Paris, et j'allais y coucher tous les soirs. Je fis, au bout de quelques jours, la connaissance d'un de mes voisins, un homme de trente à quarante ans, qui était bien le type le plus curieux que j'eusse jamais vu [2]. C'était un vieux canotier [3], mais un canotier enragé, toujours près de l'eau, toujours sur l'eau, toujours dans l'eau. Il devait être né dans un canot, et il mourra bien certainement dans le canotage final [4].

Un soir que nous nous promenions au bord de la Seine, je lui demandai de me raconter quelques anecdotes [5] de sa vie nautique. Voilà immédiatement mon bonhomme [6] qui s'anime, se transfigure, devient éloquent, presque poète [7]. Il avait dans le cœur une grande passion, une passion dévorante, irrésistible : la rivière.

---

1. La lieue, ancienne mesure de longueur, correspondait à quatre kilomètres. – **2.** Plus-que-parfait du subjonctif, appelé ici par l'imparfait de la proposition relative « était » (on dirait plutôt maintenant « que j'aie jamais vu »). C'est une construction de la langue classique. – **3.** Homme passionné par le canot, petite embarcation de plaisance, qu'on utilise sur les rivières. – **4.** Allusion à sa mort, qui se produira sur le canot ; allusion possible, aussi, à la mythologie grecque, où Charon, conducteur d'une barque, faisait traverser aux morts, moyennant une obole, le fleuve nommé Styx qui les séparait du séjour des morts. – **5.** Du grec (au pluriel) *anekdota*, « choses inédites », désignent des récits courts avec des détails pittoresques. – **6.** Tournure familière, traduisant la sympathie de Maupassant pour son narrateur (un « bonhomme » est, au sens premier, un homme naturellement bon). – **7.** Sens figuré : qui voit et décrit les choses comme un poète, avec chaleur et imagination.

« Ah ! me dit-il, combien j'ai de souvenirs sur cette rivière que vous voyez couler là près de nous. Vous autres, habitants des rues, vous ne savez pas ce qu'est la rivière. Mais écoutez un pêcheur prononcer ce mot. Pour lui, c'est la chose mystérieuse, profonde, inconnue, le pays des mirages [1] et des fantasmagories [2], où l'on voit, la nuit, des choses qui ne sont pas, où l'on entend des bruits que l'on ne connaît point, où l'on tremble sans savoir pourquoi, comme en traversant un cimetière : et c'est en effet le plus sinistre [3] des cimetières, celui où l'on n'a point de tombeau.

La terre est bornée pour le pêcheur, et dans l'ombre, quand il n'y a pas de lune, la rivière est illimitée. Un marin n'éprouve point la même chose pour la mer. Elle est souvent dure et méchante c'est vrai, mais elle crie, elle hurle, elle est loyale, la grande mer ; tandis que la rivière est silencieuse et perfide [4]. Elle ne gronde pas, elle coule toujours sans bruit, et ce mouvement éternel de l'eau qui coule est plus effrayant pour moi que les hautes vagues de l'Océan.

Des rêveurs [5] prétendent que la mer cache dans son sein d'immenses pays bleuâtres [6], où les noyés roulent parmi les grands poissons, au milieu d'étranges forêts et dans des grottes de cristal [7]. La rivière n'a que des

---

1. Proprement, illusions d'optique dues à la chaleur de l'air et qui font que, en regardant un objet, on aperçoit, en plus de cet objet, son image, mais inversée, comme si l'eau la reflétait. Ici, en relation, précisément, avec l'eau, le mot désigne un spectacle illusoire, qui ne dure pas. – **2.** A l'origine, en 1797, spectacles consistant à produire dans l'ombre, sur une toile lumineuse et grâce à une lanterne magique qu'on déplaçait, des figures semblables à des fantômes. Ici, il s'agit d'effets de terreur produits par l'eau, analogues à ceux des premières fantasmagories. – **3.** Du latin *sinister* « situé à gauche » (côté jugé néfaste) : qui annonce des malheurs. – **4.** Qui cache sous des apparences paisibles un grand danger. – **5.** Gens qui ont de l'imagination ou qui ont vu en rêve des choses vraies. – **6.** Qui virent au bleu (sans nuance péjorative). – **7.** Phrase résumant toute une série de légendes, où le monde sous-marin, peuplé soit de génies, soit de noyés, recèle des richesses fabuleuses, dont des grottes illuminées gardées par des sirènes.

« C'était un vieux canotier, mais un canotier enragé, toujours près de l'eau, toujours sur l'eau, toujours dans l'eau. »

Photo J.L. Charmet

profondeurs noires où l'on pourrit dans la vase. Elle est belle pourtant quand elle brille au soleil levant et qu'elle clapote doucement entre ses berges couvertes de roseaux qui murmurent [1].

Le poète a dit en parlant de l'Océan :

Ô flots, que vous savez de lugubres histoires !
Flots profonds, redoutés des mères à genoux,
Vous vous les racontez en montant les marées
Et c'est ce qui vous fait ces voix désespérées
Que vous avez, le soir, quand vous venez vers nous [2].

Eh bien, je crois que les histoires chuchotées par les roseaux minces avec leurs petites voix si douces doivent être encore plus sinistres que les drames lugubres racontés par les hurlements des vagues [3].

Mais puisque vous me demandez quelques-uns de mes souvenirs, je vais vous dire une singulière [4] aventure qui m'est arrivée ici, il y a une dizaine d'années.

J'habitais comme aujourd'hui la maison de la mère Lafon, et un de mes meilleurs camarades, Louis Bernet, qui a maintenant renoncé au canotage, à ses pompes [5] et

---

1. Allusion à la légende de Midas, roi de Phrygie, en Asie Mineure, qui, à la suite d'une querelle avec Apollon, vit ses oreilles remplacées par des oreilles d'âne. Seul son barbier connaissait ce secret ; mais, ne pouvant le garder pour lui, il creusa un trou dans la terre et murmura que Midas avait des oreilles d'âne. Des roseaux poussèrent aussitôt autour du trou et, en bruissant, répandirent la nouvelle dans tout le royaume. – **2.** Ce sont les cinq derniers vers d'*Oceano Nox*, de Victor Hugo. – **3.** Du latin *lugubris*, formé sur *lugere*, « être en deuil » : drames racontant des histoires de mort. Allusion possible à la ville d'Ys, près de Douarnenez, en Bretagne, qui aurait été engloutie au IVe siècle de notre ère par les vagues, et dont on entendrait sonner les cloches dans la mer. – **4.** Du latin *singulus*, « unique » : qui est remarquable, sans modèle ailleurs (voir aussi plus bas le terme « singularités »). – **5.** Au féminin pluriel : mot religieux désignant les fausses valeurs du monde terrestre, tout ce qui est attirant mais vain (du latin *pompa*, « cérémonie magnifique »). La formule de Maupassant est calquée sur l'expression : « Renoncer à Satan et à ses pompes. »

à son débraillé pour entrer au Conseil d'État [1], était installé au village de C..., deux lieues plus bas. Nous dînions tous les jours ensemble, tantôt chez lui, tantôt chez moi.

Un soir, comme je revenais tout seul et assez fatigué, traînant péniblement mon gros bateau, un *océan* [2] de douze pieds [3], dont je me servais toujours la nuit, je m'arrêtai quelques secondes pour reprendre haleine auprès de la pointe des roseaux, là-bas, deux cents mètres environ avant le pont du chemin de fer. Il faisait un temps magnifique ; la lune resplendissait, le fleuve brillait, l'air était calme et doux. Cette tranquillité me tenta ; je me dis qu'il ferait bien bon fumer une pipe en cet endroit. L'action suivit la pensée ; je saisis mon ancre et la jetai dans la rivière.

Le canot, qui redescendait avec le courant, fila sa chaîne jusqu'au bout, puis s'arrêta ; et je m'assis à l'arrière sur ma peau de mouton, aussi commodément qu'il me fut possible. On n'entendait rien, rien : parfois seulement, je croyais saisir un petit clapotement presque insensible de l'eau contre la rive, et j'apercevais des groupes de roseaux plus élevés qui prenaient des figures surprenantes et semblaient par moment s'agiter.

Le fleuve était parfaitement tranquille, mais je me sentis ému par le silence extraordinaire qui m'entourait. Toutes les bêtes, grenouilles et crapauds, ces chanteurs nocturnes des marécages, se taisaient. Soudain, à ma droite, contre moi, une grenouille coassa ; je tressaillis ; elle se tut ; je n'entendis plus rien, et je résolus de fumer un peu pour me distraire. Cependant, quoique je fusse

---

1. Juridiction de très haut niveau en France, qui est compétente pour juger de la validité des actes de tous les tribunaux administratifs, et pour donner son avis au gouvernement sur tous les projets de loi soumis au vote du Parlement. – **2.** Embarcation pour la navigation de plaisance sur les rivières, munie de voiles. – **3.** Anciens instruments de mesure, qui valaient 0,324 mètre.

« Elle [la rivière] clapote doucement entre ses berges couvertes de roseaux qui murmurent. »
(Gustave Caillebotte, *Les Périssoires*) D.R.

un culotteur[1] de pipes renommé, je ne pus pas ; dès la seconde bouffée, le cœur me tourna et je cessai. Je me mis à chantonner ; le son de ma voix m'était pénible ; alors, je m'étendis au fond du bateau et je regardai le ciel. Pendant quelque temps, je demeurai tranquille, mais bientôt les légers mouvements de la barque m'inquiétèrent. Il me sembla qu'elle faisait des embardées[2] gigantesques, touchant tour à tour les deux berges du fleuve ; puis je crus qu'un être ou qu'une force invisible l'attirait doucement au fond de l'eau[3] et la soulevait ensuite pour la laisser retomber. J'étais ballotté comme au milieu d'une tempête ; j'entendis des bruits autour de moi ; je me dressai d'un bond : l'eau brillait, tout était calme.

Je compris que j'avais les nerfs un peu ébranlés et je résolus de m'en aller. Je tirai sur ma chaîne ; le canot se mit en mouvement, puis je sentis une résistance, je tirai plus fort, l'ancre ne vint pas ; elle avait accroché quelque chose au fond de l'eau et je ne pouvais la soulever. Je recommençai à tirer, mais inutilement. Alors, avec mes avirons[4], je fis tourner mon bateau et je le portai en amont[5] pour changer la position de l'ancre. Ce fut en vain, elle tenait toujours ; je fus pris de colère et je secouai la chaîne rageusement. Rien ne remua. Je m'assis découragé et je me mis à réfléchir sur ma position. Je ne pouvais songer à casser cette chaîne ni à la séparer de l'embarcation, car elle était énorme et rivée à l'avant dans un morceau de bois plus gros que mon

---

1. Sens figuré : un grand fumeur de pipe, puisque le fumeur « culotte » sa pipe en fumant, la noircit et en garnit l'intérieur d'une matière solide. – **2.** Écarts brusques du bateau dont l'avant se meut de droite à gauche. – **3.** Autre réminiscence d'un fonds légendaire très répandu, selon lequel des divinités (sirènes, génies), ou êtres aquatiques (revenants, nommés « retournants » dans certaines régions), attirent les pêcheurs au fond de l'eau. – **4.** Rames dont le bout a la forme d'une pelle. – **5.** En remontant la rivière vers sa source.

bras ; mais comme le temps demeurait fort beau, je pensai que je ne tarderais point, sans doute, à rencontrer quelque pêcheur qui viendrait à mon secours. Ma mésaventure m'avait calmé ; je m'assis et je pus enfin fumer ma pipe. Je possédais une bouteille de rhum, j'en bus deux ou trois verres, et ma situation me fit rire. Il faisait très chaud, de sorte qu'à la rigueur je pouvais, sans grand mal, passer la nuit à la belle étoile [1].

Soudain, un petit coup sonna contre mon bordage [2]. Je fis un soubresaut, et une sueur froide me glaça des pieds à la tête. Ce bruit venait sans doute de quelque bout de bois entraîné par le courant, mais cela avait suffi et je me sentis envahi de nouveau par une étrange agitation nerveuse. Je saisis ma chaîne et je me raidis dans un effort désespéré. L'ancre tint bon. Je me rassis épuisé.

Cependant, la rivière s'était peu à peu couverte d'un brouillard blanc très épais qui rampait sur l'eau fort bas, de sorte que, en me dressant debout, je ne voyais plus le fleuve, ni mes pieds, ni mon bateau, mais j'apercevais seulement les pointes des roseaux, puis, plus loin, la plaine toute pâle de la lumière de la lune, avec de grandes taches noires qui montaient dans le ciel, formées par des groupes de peupliers d'Italie [3]. J'étais comme enseveli jusqu'à la ceinture dans une nappe de coton d'une blancheur singulière, et il me venait des imaginations fantastiques [4]. Je me figurais qu'on essayait de monter dans ma barque que je ne pouvais plus distinguer, et que la rivière, cachée par ce brouillard opaque, devait être pleine d'êtres étranges qui nageaient autour de moi [5].

---

1. Dormir en plein air, la nuit, sous les étoiles (et notamment sous l'éclat de Vénus, la fameuse « Étoile du berger », qu'on voit avant le coucher du soleil puis avant son lever). – **2.** Planche en long, qui recouvre les flancs du bateau. – **3.** Peupliers très répandus en Europe, et réputés pour la hauteur de leur tronc (entre 30 et 35 mètres). – **4.** Des visions créées par l'imagination, et, donc non réelles. – **5.** Allusion aux sirènes, êtres légendaires qui ont des bustes de femme et un ventre de poisson, et qui attirent les pêcheurs (voir aussi note 3, p. 87).

J'éprouvais un malaise horrible, j'avais les tempes serrées, mon cœur battait à m'étouffer ; et, perdant la tête, je pensai à me sauver à la nage ; puis aussitôt cette idée me fit frissonner d'épouvante. Je me vis, perdu, allant à l'aventure dans cette brume épaisse, me débattant au milieu des herbes et des roseaux que je ne pourrais éviter, râlant de peur, ne voyant pas la berge, ne retrouvant plus mon bateau, et il me semblait que je me sentirais tiré par les pieds tout au fond de cette eau noire.

En effet, comme il m'eût fallu remonter[1] le courant au moins pendant cinq cents mètres avant de trouver un point libre d'herbes et de joncs où je pusse prendre pied[2], il y avait pour moi neuf chances sur dix de ne pouvoir me diriger dans ce brouillard et de me noyer, quelque bon nageur que je fusse[3].

J'essayai de me raisonner. Je me sentais la volonté bien ferme de ne point avoir peur, mais il y avait en moi autre chose que ma volonté, et cette autre chose avait peur. Je me demandai ce que je pouvais redouter ; mon *moi* brave[4] railla mon *moi* poltron, et jamais aussi bien que ce jour-là je ne saisis l'opposition des deux êtres qui sont en nous, l'un voulant, l'autre résistant, et chacun l'emportant tour à tour.

Cet effroi bête et inexplicable grandissait toujours et devenait de la terreur. Je demeurais immobile, les yeux ouverts, l'oreille tendue et attendant. Quoi ? Je n'en savais rien, mais ce devait être terrible. Je crois que si

---

1. Conditionnel passé 2e forme (subjonctif plus-que-parfait), plus élégant que la 1re forme. – **2.** Relative de sens final (exprimant le but), et donc normalement au subjonctif. Le temps — subjonctif imparfait — est ici appelé par l'imparfait de la principale. – **3.** Autre tour classique pour cette proposition concessive, qui veut dire « bien que je fusse un bon nageur ». – **4.** Placé après le nom, « brave » signifie évidemment « courageux ».

un poisson se fût avisé de sauter hors de l'eau [1], comme cela arrive souvent, il n'en aurait pas fallu davantage pour me faire tomber raide, sans connaissance.

Cependant, par un effort violent, je finis par ressaisir à peu près ma raison qui m'échappait. Je pris de nouveau ma bouteille de rhum et je bus à grands traits. Alors une idée me vint et je me mis à crier de toutes mes forces en me tournant successivement vers les quatre points de l'horizon. Lorsque mon gosier fut absolument paralysé, j'écoutai. — Un chien hurlait, très loin.

Je bus encore et je m'étendis tout de mon long au fond du bateau. Je restai ainsi peut-être une heure, peut-être deux, sans dormir, les yeux ouverts, avec des cauchemars [2] autour de moi. Je n'osais pas me lever et pourtant je le désirais violemment ; je remettais de minute en minute. Je me disais : « Allons, debout ! » et j'avais peur de faire un mouvement. À la fin, je me soulevai avec des précautions infinies, comme si ma vie eût dépendu du moindre bruit que j'aurais fait, et je regardai pardessus le bord.

Je fus ébloui par le plus merveilleux, le plus étonnant [3] spectacle qu'il soit possible de voir. C'était une de ces fantasmagories [4] du pays des fées, une de ces visions racontées par les voyageurs qui reviennent de très loin et que nous écoutons sans les croire.

Le brouillard qui, deux heures auparavant, flottait sur l'eau, s'était peu à peu retiré et ramassé sur les rives. Laissant le fleuve absolument libre, il avait formé sur

---

1. Proposition conditionnelle, avec irréel du passé, où le plus-que-parfait de l'indicatif (« si un poisson s'était avisé ») est remplacé par le temps équivalent du subjonctif. Encore un tour de la langue classique, également employé plus bas, dans « comme si ma vie eût dépendu [...] ». – **2.** Étymologiquement, cauchemar vient de « caucher » *(presser)* à l'impératif et « mare » (*fantôme* en néerlandais). Comprendre ici : des fantômes analogues à ceux des cauchemars. – **3.** Sens étymologique, probablement : qui frappe de stupeur, comme le tonnerre. – **4.** Voir note 2, p. 80.

chaque berge une colline ininterrompue, haute de six ou sept mètres, qui brillait sous la lune avec l'éclat superbe des neiges. De sorte qu'on ne voyait rien autre chose que cette rivière lamée [1] de feu entre ces deux montagnes blanches ; et là-haut, sur ma tête, s'étalait, pleine et large, une grande lune illuminante au milieu d'un ciel bleuâtre et laiteux.

Toutes les bêtes de l'eau s'étaient réveillées ; les grenouilles coassaient furieusement, tandis que, d'instant en instant, tantôt à droite, tantôt à gauche, j'entendais cette note courte, monotone et triste, que jette aux étoiles la voix cuivrée [2] des crapauds. Chose étrange, je n'avais plus peur ; j'étais au milieu d'un paysage tellement extraordinaire que les singularités [3] les plus fortes n'eussent pu m'étonner.

Combien de temps cela dura-t-il, je n'en sais rien, car j'avais fini par m'assoupir. Quand je rouvris les yeux, la lune était couchée, le ciel plein de nuages. L'eau clapotait lugubrement, le vent soufflait, il faisait froid, l'obscurité était profonde.

Je bus ce qui me restait de rhum, puis j'écoutai en grelottant le froissement des roseaux et le bruit sinistre de la rivière. Je cherchai à voir, mais je ne pus distinguer mon bateau, ni mes mains elles-mêmes, que j'approchais de mes yeux.

Peu à peu, cependant, l'épaisseur du noir diminua. Soudain je crus sentir qu'une ombre glissait tout près de moi ; je poussai un cri, une voix répondit, c'était un pêcheur. Je l'appelai, il s'approcha et je lui racontai ma mésaventure. Il mit alors son bateau bord à bord avec le mien, et tous les deux nous tirâmes sur la chaîne. L'ancre

---

1. Métaphore : la rivière brillant sous la lune est striée de lames lumineuses. – **2.** Ayant un son analogue à celui d'un instrument de cuivre (trompette). – **3.** Choses extraordinaires, sans équivalent (voir note 4, p. 83).

ne remua pas. Le jour venait, sombre, gris pluvieux, glacial, une de ces journées qui vous apportent des tristesses et des malheurs. J'aperçus une autre barque, nous la hélâmes. L'homme qui la montait unit ses efforts aux nôtres ; alors, peu à peu, l'ancre céda. Elle montait, mais doucement, doucement, et chargée d'un poids considérable. Enfin nous aperçûmes une masse noire, et nous la tirâmes à mon bord :

C'était le cadavre d'une vieille femme qui avait une grosse pierre au cou [1]. »

---

1. Notons l'ambiguïté finale, qui ne ferme pas le sens du récit : il s'agit soit d'une vieille femme qui s'est suicidée et a mis une pierre autour du cou pour mieux se noyer, soit de la victime d'un assassinat, qu'on a lestée d'une pierre pour mieux la faire disparaître.

« C'est parce que Maupassant a détesté le rond-de-cuir, le fonctionnaire assis, l'employé arrêté... C'est parce qu'il a souffert de la bonace bureaucratique que, par ce contraste d'où naît l'œuvre d'art, l'auteur de Sur l'eau *et de* La Vie errante *a si bien su décrire le déferlement des vagues, le glissement des coques, l'oscillation des mâts, le vent qui durcit les voiles. »*

(Paul Morand, *Vie de Maupassant*)

INDICATIONS BIBLIOGRAPHIQUES

Œuvres de Maupassant

Contes et nouvelles, édition de Louis Forestier, Bibliothèque de la Pléiade, 1974 et 1979, 2 vol.

Romans, édition de Louis Forestier, Bibliothèque de la Pléiade, 1987, 1 vol.

Le Horla, édition de Philippe Bonnefis, Le Livre de Poche, 1984 (vingt titres de Maupassant également publiés au Livre de Poche). *Le Horla*, édition de Martine Bercot, « Les Classiques d'aujourd'hui », Le Livre de Poche, 1994.

Études

CASTEX, Pierre-Georges, *Le Conte fantastique en France de Nodier à Maupassant*, Corti, 1987 (1re édition 1951).

DUMESNIL, René, *Guy de Maupassant*, Tallandier, 1979 (1re édition 1947).

SAVINIO, Alberto, *Maupassant et l'autre*, Gallimard, 1973.

SCHMIDT, Albert-Marie, *Maupassant par lui-même*, coll. Écrivains de toujours, Le Seuil, 1962.

TROYAT, Henri, *Maupassant*, Flammarion, 1989 ; Le Livre de Poche, 1991.

Table

Composition réalisée par NORD-COMPO

IMPRIMÉ EN FRANCE PAR HÉRISSEY
à Évreux (Eure)
Librairie Générale Française – 43, quai de Grenelle – 75015 Paris
N° d'imprimeur : 87964 – Dépôt légal Édit. 6416-09/2000
ISBN : 2-253-13656-5 **31/3656/1**